EL SOBRINO

JAMES PURDY

Título original
The nephew

El sobrino
James Purdy

Primera edición en Ediciones Escalera: febrero de 2011
© De la edición: Ediciones Escalera
© Del texto original: los heredederos de James Purdy
© De la traducción: Juan Martín Pinilla
© De la imagen de portada: Daniel Orviz
Corrección y maquetación: Talía Luis Casado
Diseño de la colección: Ediciones Escalera

info@edicionesescalera.com
www.edicionesescalera.com

Impreso en España - Printed in Spain
Impreso en: Artes Gráficas San Nicolás, S. L.
ISBN 13: 978-84-938363-0-6
Depósito legal: M-8304-2011

EL SOBRINO

JAMES PURDY

Traducción de Juan Martín Pinilla

ESCALERA

Índice

Capítulo 1
El sobrino

Las banderas estaban desplegadas en todos los porches de las casas y tiendas de Rainbow Center durante el Día de los Caídos, cuando Boyd Mason regresó con su Buick de un viaje a Kentucky relacionado con su trabajo en la inmobiliaria, y aparcó en la esquina este de Peninsula Drive con Crest Ridge Road, al lado de la casa de su hermana Alma, donde había vivido desde la muerte de su mujer, veinte años atrás.

Cerró la puerta del coche de un portazo y se dispuso a subir por el camino al porche delantero, cuando le pareció oír una voz familiar que se abría paso entre su sordera: «Bienvenido a casa, Boyd. No paras de recorrerte la nación arriba y abajo, a tu edad» y se encontró con la señora Barrington, cuya finca de dos acres estaba justo enfrente de la casa de ocho habitaciones de su hermana. Boyd dejó en el suelo la bolsa de lona y se preparó para intercambiar los comentarios de rigor con la vieja monarca, como todo el mundo llamaba a la señora Barrington; pero cuando levantó la vista vio que la vecina desaparecía con un gesto de despedida entre el follaje de su patio trasero, donde los espinos, los castaños de Indias y las azaleas florecían espléndidos y fragantes; en la parte trasera de la casa, que tenía veinticinco habitaciones, la glicinia japonesa colgaba como las lágrimas de una lámpara de araña.

Retomó el sendero hacia su puerta. Miró con severidad la enorme bandera que él, invariablemente, se encargaba de colgar en el balcón superior. Supuso que Alma había pagado a uno de los chicos de la universidad para que la colgaran, o quizás se las había apañado para hacerlo ella sola. Boyd tuvo una sensación de contrariedad, casi de culpa, por no haberla izado él mismo en el Día de los Caídos.

Entró en la casa, depositó otra vez su bolsa de lona sobre el suelo y saludó secamente a su hermana. Nadie habría deducido del huraño intercambio de saludos que Boyd llevaba una semana fuera del estado.

—¿Alguna novedad? —gritó con su voz de sordo.

—Una carta de nuestro sobrino —contestó Alma, alzando la voz, y le alcanzó el sobre rojo, blanco y azul.

—Una carta de Cliff —comentó Boyd, absorto. Le brillaban los ojos castaños. En ese momento parecía tan joven, y ya tenía setenta y ocho años.

Recorrió con los dedos la solapa del sobre, aunque sabía que Alma nunca abriría su correo. Estuvo a punto la primera vez que el sobrino escribió desde Japón. Ella sabía que a Boyd no le habría gustado el entrometimiento, aunque Cliff contaba lo mismo al uno y a la otra.

Boyd abrió el sobre y sin moverse del sitio leyó la carta, balanceándose sobre los pies. «¿Y bien?» preguntó Alma irritada, mientras su hermano se limitaba a sonreír, a sacudir la cabeza divertido, sin que se pudiera deducir qué tipo de información contenía la carta.

—Cliff está bien —contestó Boyd por fin—. Léela si quieres.

La mirada de Alma seguía transmitiendo enfado, tenía la sensación de que Boyd la había ninguneado, así que éste añadió:

—Te envía sus mejores deseos. Dice que el reparto del correo sigue siendo el momento más emocionante de sus días en la base.

Alma tomó la carta con cautela, molesta, y se dirigió a la vieja mecedora de Madre.

—Escribe con letra clara y bonita —dijo Alma, mientras leía.

—Un poco infantil —dijo Boyd, en voz baja; Alma le lanzó una mirada dura y crítica, pero él continuó, tal vez olvidado de que ella seguía leyendo—: A Cliff le gusta el Pacífico. Curioso, porque yo creo que en realidad él nunca quiso dejar su hogar, aunque se alistara antes de que fuera obligatorio, pero sintió que debía hacerlo. Quería quedarse aquí, en una pequeña ciudad como Rainbow, el resto de su vida. Y mira ahora la distancia que ha puesto.

—Desde luego que sí, yo siempre le contaba que me hubiera gustado tanto viajar —Alma levantó los ojos de la carta.

—¿Has acabado de leerla? —le preguntó Boyd.

—Si haces el favor de esperar un poco. —La voz de Alma tenía un ligero tono de regañina mezclado con el placer que tan evidentemente obtenía de tener en las manos la carta de su sobrino.

—Resulta extraño que un muchacho tan joven quisiera sentar la cabeza, y luego no lo hiciera. —Boyd se acomodó en su enorme poltrona—. Bueno, puede que el ejército le haga bien, quién sabe…

—Me he encontrado con la señora Barrington mientras subía por el camino —siguió, de nuevo olvidando que la lectura de su hermana continuaba.

—Sí, he oído su voz.

—La mujer está muy ágil para su edad. Piensa que cumplió ya los noventa años.

—Sí que los ha cumplido. —Alma levantó la vista, como si ella, después de todo, fuese la autoridad en eso de la edad.

—Pero, demonios, menudo patio trasero tiene. Hay que reconocérselo. Esos árboles florecidos en esta época del año. No es de extrañar que sea una atracción turística para esta parte del condado.

—Bueno, prácticamente es lo único que ha hecho en toda su vida. —Alma hizo un paréntesis en la relectura crítica de la carta de su sobrino—. Ha tenido más de dos vidas para embellecer su propiedad.

Boyd sacudió la cabeza con humor y moderado desacuerdo con la actitud reprobatoria de su hermana hacia la vieja monarca.

—Cliff no dice mucho en sus cartas.

Alma dio vueltas al papel y al sobre, quizás confiando en que hubiera una segunda hoja escondida tras la primera.

—Es difícil decir algo en una carta cuando se está a tanta distancia —explicó Boyd—. Además, es mejor no contar mucho que contar demasiado, dado que está en activo.

—Podría decirnos algo más —dijo Alma, doblando la delicada hoja de papel.

Le devolvió la carta a Boyd y éste la puso en el bolsillo de su abrigo.

—Espero que estés guardando las cartas que envía —y se dirigía a su hermano con su voz de profesora retirada.

—¿Qué te hace pensar que las iba a tirar? —preguntó Boyd.

—Desde luego que no sé lo que harás con ellas. Pero cuando Cliff vuelva a casa, probablemente le gustará volver a leer sus viejas cartas. Formarán una especie de diario de lo que hizo.

Boyd resopló.

—Ya veo que no estás de acuerdo conmigo —dijo Alma en tono agrio.

—Acabas de decir que él no contaba nada en sus cartas. ¿Cómo iban a formar un diario, entonces, si no dicen nada?

—Lo que he dicho es que esta carta en concreto no decía nada —Alma dio marcha atrás con delicadeza—. Habrá sin duda otras en las que contará más, y ésas serán muy valiosas.

—Yo no tenía intención ninguna de tirar sus cartas —dijo Boyd dubitativo y solemne.

—Entonces, asegúrate de guardarlas, Boyd —pontificó Alma—. O las puedo guardar yo, si quieres.

—Soy perfectamente capaz de guardarlas, sin ayudas ni consejos —contestó Boyd, enfático.

—Me fastidiaría mucho que se perdieran. —Hablaba otra vez

desde la tarima de maestra—. Y también me imagino cómo le sentaría a Cliff.

—No creo que le importe lo más mínimo lo que hagamos con sus cartas, de hecho me sorprendería mucho si alguna vez pregunta por ellas o quiere leerlas, o que siquiera se le ocurra que las guardamos.

—No puedo estar más en desacuerdo. A todo el mundo le gusta pensar que se guardan sus cartas. Es una pena tirar las de nadie. Y sobre todo las de un joven que está en el ejército en uno de los periodos más cruciales de su vida.

—No tengo intención alguna de tirar las cartas de Cliff, y quiero que eso te entre en la cabeza.

—Ten mucho cuidado con ellas, entonces —dijo Alma con voz suave, casi con el susurro de una oración, como pudo hacerlo alguna vez con alguno de sus alumnos menos brillantes.

—Cielo santo —exclamó Boyd—. Está bien, está bien. Tú ganas.

Comenzó a subir las escaleras.

—No tardes mucho —dijo Alma—. Falta muy poco para la cena. Así que no te quedes por ahí arriba dando vueltas una hora, que no quiero tener que gritarte cuando esté servida.

—Bajaré en cuanto me sea humanamente posible —Boyd la miró indignado—. Demonios, un hombre no puede tener ni un segundo de paz en esta casa.

—Serviré la cena en cinco minutos —le advirtió Alma.

Boyd y Alma tenían otros parientes, pero Cliff era el más importante. Los demás estaban casados, con niños y vivían lejos, en California y Canadá. Nunca les escribían, aunque les enviaban felicitaciones por Pascua y Navidad cuando se acordaban. Y además, en parte ellos se habían encargado de criar a Cliff, al menos desde los catorce años, cuando se quedó huérfano de padre y madre por un accidente de avión.

Durante los cuatro o cinco años que vivió con ellos en Rainbow

Center, Alma había estado fuera la mayor parte del tiempo enseñando en el colegio de otra ciudad, y Boyd viajaba con frecuencia a causa de sus negocios inmobiliarios, pero durante ese tiempo Cliff había permanecido en casa de Boyd y Alma, la consideraba su hogar, hasta lo de Corea. Luego, una vez se hubo ido, no hablaban de otra cosa aparte de él.

—Cliff tiene mucho talento —comentó Boyd.

—Eso nadie puede negarlo —replicó Alma, algo enfadada aún por la discusión.

—Dejará su huella en el mundo —dijo Boyd, levantando el tenedor con una mezcla de certeza y de duda.

—Basta con que le hagamos ver que lo respaldamos —añadió Alma con un tono de advertencia.

—¿Por qué demonios iba a creer que no lo respaldamos? —preguntó Boyd, nuevamente irritado.

—Todo lo que quiero decir es que debemos animarle —explicó Alma algo más conciliadora, casi disculpándose—. Debemos escribirle cosas que le alienten, y animarle a que nos escriba con más frecuencia, y que nos cuente más cosas.

—¿Lo que quieres decir es que quieres que te escriba a ti personalmente con más frecuencia? —preguntó Boyd.

—Yo no he dicho eso —replicó Alma.

—Pero de todas formas es lo que querías decir —añadió él sin concesiones.

Estaba comiendo la tarta de crema que Alma había sacado del horno a las cinco de la tarde.

—Debemos esforzarnos en animarle —enfatizó Alma por encima de los ruidos que él hacía al masticar.

—Puede que yo no esté siempre de acuerdo contigo sobre nuestro sobrino —dijo Boyd mientras remataba el último trozo—, pero antes de llevarte la contraria, quiero felicitarte por esta tarta. Nadie, ni siquiera nuestra madre, podría haber hecho un hojaldre tan crujiente como éste.

—¿Y en qué no estás de acuerdo? —preguntó Alma, ligeramente aplacada por el cumplido.

—En que Cliff se convierta en un escritor de cartas —le contestó. Empujó el plato vacío—. No hay nada especial en lo que escribe ahora, y nunca lo ha habido.

—Por supuesto que no hay nada especial —dijo Alma—. Ésa es la base de todo lo que hemos estado hablando. No le animamos a que escriba buenas cartas. Eso es lo que tenemos que hacer, cielo santo... Él no siente que pueda escribirnos con confianza.

—Al fin y al cabo, nosotros sólo somos sus tíos —dijo Boyd.

—¿Y entonces quién si no iba a interesarse por Cliff? —preguntó Alma, desconcertada por la idea.

—Mujeres quizás. Otros jóvenes destinados en el ejército.

—Qué tontería. A ellos no les puede hablar de las cosas importantes. Para eso nos tiene a nosotros, aunque quizás no le hemos dejado claro que puede contar con nosotros para todo lo que necesite.

Una vez dicho esto, se recostó sobre su silla, como para digerir su propia afirmación.

—No creo que Cliff vaya a escribirle a nadie ninguna maravilla de carta, pero si alguna vez lo hace, no creo que sea a nosotros.

—¿Ah, no? —Alma dijo, con ironía glacial.

—Así es. No.

—Bueno, eso ya lo veremos.

Alma alejó de sí su trozo de tarta, sin probarlo.

Colocó la servilleta en el servilletero plateado, se levantó y se fue directamente a la cocina.

Boyd no comía con Alma por la mañana ni al mediodía; una comida diaria con ella, la de la tarde, la que consideraban la cena, era suficiente intensidad para él.

No solían tomar café, y quizás por esta razón, o por la edad, el sueño se cebaba en ellos tras la cena, que acababa en torno a las seis y cuarto. Alma lavaba los platos, nunca con la ayuda de Boyd, y los dos dormitaban de forma intermitente en la sala de estar, con frecuencia sujetando el Rainbow Sentinel, el diario local.

Sin embargo, sobre las ocho y media o nueve, ambos se despertaban con un sobresalto y empezaban a hablar animadamente, a veces a la vez, con los periódicos sobre el regazo, de forma que podría pensarse que llevaban conversando sin interrupción la tarde entera.

Esta tarde, mirando las páginas de sociedad del Sentinel, tras echar un vistazo a obituarios y funerales, Alma exclamó:

—Vaya con la vida social de Rainbow, no está mal para ser un sitio pequeño.

Boyd no replicó. Ojeaba las secciones de economía y finanzas del Sentinel, y las páginas crujían con el manoseo, así que permanecía ajeno a la voz de Alma.

—Pero, claro, a nuestra edad —Alma elevó el tono para poder acceder al oído de Boyd—, se nos olvida cuánto sigue ocurriendo aún, incluso en Rainbow.

Boyd la había escuchado esta vez, estaba segura, pero no ofreció comentario alguno.

—Esta tarde he visto a la señorita Van Tassel.

Alma siguió hablando, pasando de los sucesos de la ciudad a los del vecindario.

Boyd se aclaró la garganta. La señorita Van Tassel, que era incluso unos años mayor que Alma y Boyd y que fue amiga de su madre (y por este motivo siempre la llamaban señorita), vivía a un tiro de piedra al otro lado de la calle.

—La señorita Van Tassel quería que le vendiera mi parcela de tierra pasado el cobertizo, junto a la casa de Willard Baker.

—Bueno, espero que le dijeras que se la venderías —Boyd bajó el periódico.

—No —Alma habló con medido desafío—. Le dije que si acaso lo que yo querría es comprar más tierra.

Boyd dejó caer el periódico al suelo y miró fijamente a su hermana con una mezcla de pena y desaprobación.

—No sé para qué quiere la señorita Van Tassel una parcela de tierra a su edad. —Alma evitó su mirada—. Pero supongo que le gustaría instalar otro invernadero. El que tiene en su propiedad no es lo bastante espacioso para todas las flores que cultiva.

—Por Dios, espero que no te vayas a quedar sin tierras en tu vejez. —Los ojos de Boyd ardían de enfado, más vívidos de lo que ella recordaba en mucho tiempo.

—¿Qué quieres decir con eso?

—Que no debes acumular demasiada tierra, es lo que quiero decir. Tienes que tener cuidado en qué inviertes tu dinero ahora que te has retirado de la enseñanza. Y yo no estaré siempre aquí para aconsejarte. No acumules demasiada tierra.

Golpeó con su mano los anchos brazos de madera del sillón. Había asumido un comportamiento que iba incluso más allá del que utilizaba profesionalmente con sus clientes de la inmobiliaria, y Alma reconoció bajo su consejo otra fuente desconocida de ira.

Como ella no dijo nada, Boyd continuó:

—Además, cualquier tipo de edificio, aunque sea un invernadero entre la casa de Willard Baker y ésta, me parece de perlas.

—¡Así que al final todo se reduce a Willard Baker! —dijo Alma. Luego, sintiendo que el significado de su propia frase se le escapaba a ella misma, añadió—: ¿Qué demonios tienes tú contra el pobre Willard? Cielo santo, le conocemos desde que era niño.

—Desde que era niño… —bufó Boyd. Volcó en Alma su mirada fija y clara, y añadió—: Willard está en los cincuenta por lo menos.

Boyd había vuelto a coger el periódico, pero no se ocultó tras él enseguida, porque habían tocado un tema que no le era fácil olvidar.

—Tu problema, Alma —siguió—, es que has estado demasiado tiempo fuera. Hace un rato mencionaste que ahora ocurrían muchas cosas en Rainbow. No es lo que está ocurriendo ahora lo que te pierdes, sino todo lo que ocurrió cuando no estabas aquí….

—Bah, eso es lo que todo el mundo me dice siempre. He estado lejos de esta ciudad demasiado tiempo para saber esto o recordar aquello, para tener noticias de este escándalo o haber participado en no sé qué. El hecho de que haya pasado toda mi vida dando clases hace que todo el mundo piense que no puedo entender además lo que ocurre en las casas de la gente.

Boyd sonrió sardónico y satisfecho.

—Pues Willard Baker —la aleccionó con solemnidad— ha cambiado muy mucho desde que era un niño, no lo olvides. Y mucho más en los últimos diez años.

Alma esperó, apretando los labios incrédula.

—Para empezar, el viejo Willard se ha juntado con un…. una manzana podrida llamada Vernon Miller, lo bastante joven para ser su hijo. Algunas noches las montan bastante fuertes. Vienen mujeres de fuera de la ciudad a beber y ese tipo de cosas todos los fines de semana. No paran hasta la mañana siguiente.

Alma se negó a mostrarse afligida o preocupada.

—Tu habitación no da a su casa —Boyd terminó su acusación con vehemencia.

—Podemos trasladar tu habitación abajo, donde no te veas obligado a soportar a Willard —replicó ella.

Se aclaró la garganta, lo que él interpretó como un signo para olvidar el tema Willard Baker, así que no añadió nada más, se limitó a contemplar con el ceño fruncido sus zapatos altos y abrillantados. Ella retomó el asunto:

—Al igual que nuestra madre, me gustaría tener la casa rodeada por mis propias tierras… Y en cualquier caso, no veo cómo un pequeño invernadero, como el que construiría la señorita Van Tassel, podría, en modo alguno, tapar la visión de nada… indeseable.

Boyd sintió que a ella le había sorprendido su enfado con Willard Baker, dado que, como Alma nunca se cansaba de insistir, los Baker eran una de las pocas familias «de primera línea» de Rainbow.

Al seguir callado Boyd, continuó:

—Si la zona comercial de la ciudad continúa trasladándose hasta aquí, estaremos protegidos y no nos rodearán con edificios de oficinas, porque lo primero que una empresa comercial compraría sería un invernadero, especialmente si es propiedad de la señorita Van Tassel.

—Si la zona comercial de la ciudad, como tú la llamas, se traslada hasta aquí, no habrá nada que ni tú ni yo ni la señorita Van Tassel, ni Dios Todopoderoso, ni siquiera la señora Barrington, podamos hacer al respecto. Lo comprarán todo.

—No hasta batallar conmigo —afirmó Alma.

Boyd exhibió su sonrisa cáustica y compasiva.

—Bueno —fingió quitarle importancia al tema—, quizás hagas bien al acumular parcelas de terreno, o mantener las que tienes… ¿Quién puede dar consejos en los tiempos que corren?

—Me gustaría estar rodeada siempre por mis propias tierras —Alma insistió en sus deseos—. Pero por todos los santos —volvió a atacar de repente—, ojalá no fueras tan misterioso cuando hablas de Willard Baker. Si hay algo que deba saber de él, por el amor de Dios, dímelo, y no insinúes que hay más cosas sobre él de las que yo pueda llegar a entender.

—¿Cómo que misterioso? —bramó Boyd—. ¿Qué más hay que saber de él además de lo que ya te he dicho, por Dios? Lo que yo sé es lo mismo que sabe todo el mundo, excepto tú. Que bebe, juega y es un juerguista.

—Pase lo que pase con Willard Baker, yo tengo derecho a disponer de mi propiedad como vea conveniente —replicó con firmeza al inesperado acaloramiento de su hermano.

Tanto la casa como la tierra eran suyas, por supuesto, pero el tema que habían tocado, según ella lo veía, no se trataba sólo de Willard Baker, sino de lo que todo el mundo que conocía parecía pensar de ella, su gran ignorancia sobre la ciudad y, como Boyd le recordaba con una franqueza que rozaba la brutalidad, sobre la gente y sus vidas.

Cuando Boyd se retiró, Alma se dirigió como siempre a la cocina, que daba directamente, aunque separada por un prado de hierba verde y mullida, a la enorme casa del siglo XIX propiedad de Willard Baker, cuya familia, como sus labios nunca paraban de repetir, había sido, junto a la de la señora Barrington, una de las más antiguas y respetadas de esta parte del condado.

Según recordaba ella, Willard siempre había sido un holgazán que cambiaba con frecuencia de trabajo, o que no trabajaba en absoluto, y se quedaba en casa a disfrutar de la comida de su madre. Luego, hubo un periodo de su vida en el que «llegó a algo» y se convirtió en detective privado en Chicago, para regocijo de las familias tradicionales de la ciudad. Pero no era fácil entender la razón por la que Boyd se enfadaba tanto cuando hablaban de él.

Quiso suponer que tendría que ver con alguna disputa de asuntos inmobiliarios y dinero, y no con su posible «vida disoluta», porque era en las cuestiones inmobiliarias cuando Boyd se mostraba más sensible, de eso estaba segura, y donde para él descansaba al final todo. Willard nunca había sido un modelo de perspicacia para los negocios y no era del tipo de hombres que Boyd valoraba.

No quería irse a dormir. Alma miraba por la ventana de la cocina, y sus ojos se posaron en la casa de los Baker, que brillaba débilmente a la luz de la luna. Willard desapareció por completo de su mente.

Un rayo de luz iluminaba una placa de madera que nadie había quitado, donde se leía

DOCTORES BAKER

Alma, asintió, recordando.

El padre de Willard y su hermano pequeño, Joe, habían sido médicos y cirujanos de renombre en la ciudad y en el estado. Habían practicado la medicina juntos en habitaciones separadas, lo que no era difícil en una casa tan grande; pero ahora sólo la ocupaba Willard.

La tragedia de la familia Baker había sido simple y terrible y completa. El doctor Joe, como todo el mundo lo llamaba, un modelo de carácter, honestidad e inteligencia, justo lo opuesto a Willard, se vio implicado en lo que suponía un escándalo público, una historia de amor en Cincinatti con una mujer joven, y casada. Siguió una barahúnda tremenda, y la ruina de los consultorios Baker; Joe, según todos afirmaban, se había refugiado en las drogas. Adicto sin remedio, un soleado día de junio, en su consulta, ante los ojos de un niño al que estaba curando de un corte en el dedo, se mató de un disparo. El doctor Baker padre murió de un ataque al corazón una semana o así más tarde. La madre, cuyo sol salía y se ponía con el doctor Joe, sobrevivió un año en un estado en el que, quizás por misericordia, confundía a Willard con su hermano más joven y favorecido. Murió aferrada a la mano de Willard, creyendo que era la de su amado doctor Joe.

Willard bebía, como Boyd se lamentaba, y se pasaba la vida en las carreras, los domingos traía a casa mujeres y ciertos hombres de aspecto sospechoso; el resto de la semana empleaba buena parte del tiempo con su botella y sus cigarrillos largos; daba frecuentes paseos, pero muy cortos, sin un destino concreto ni al parecer propósito alguno, excepto el de alejarse de la casa.

Echó la cortina con rapidez, y así Alma quitó de su vista la placa con el nombre de los doctores. Recorrió la distancia hasta su dormitorio, donde le esperaban el sueño o el insomnio.

Capítulo 2

Los vecinos

Las discusiones entre Alma y Boyd sobre el contenido o la falta de él en las cartas de Cliff finalizaron de forma inesperada, tan inesperada y silenciosa y brusca que durante un tiempo ningún tipo de emoción podía leerse en ellos y, al igual que la carta de Cliff, asumieron el aspecto de un espacio en blanco.

Una mañana de junio, muy temprano, cuando una tormenta de lluvia, seguida de granizo y aguanieve, hizo retroceder el tiempo hasta una primavera helada, y Alma se refugiaba sola en casa, llegó el telegrama de Washington. Por alguna razón, estaba dirigido a ella, y no, como siempre había ocurrido, a Boyd.

El telegrama tenía varios errores de ortografía, causados (Alma estuvo segura al instante) por la oficina local de Rainbow. Afirmaba que Cliff estaba desaparecido en combate, tras haber sido herido en Corea la semana anterior.

La redacción informal y vacía del mensaje por un momento no le transmitió lo terrible de su significado, y siguió sin hacerlo durante bastante tiempo. Una vez más, como en las cartas de Cliff, el «contenido» no acababa de entenderse, y Alma se quedó con la impresión de que pronto llegaría un mensaje más completo.

Como en algunos accidentes mortales donde la persona herida puede no sentir nada en absoluto hasta el último momento, Alma continuó durante todo el día con su trabajo y su tienda de regalos, sin asimilar la relevancia del telegrama. Por supuesto que «desaparecido», se decía a sí misma cada hora, en absoluto significaba lo mismo que «no volverá».

Sólo la expresión de la cara de Boyd cuando regresó de la inmobiliaria aquella tarde hizo trizas la seguridad engañosa que el día le había otorgado.

Nunca mencionaron la palabra muerto desde ese momento. Alma, por su parte, ni siquiera consideró, al menos en palabras, que Cliff hubiera muerto. Fuera lo que fuera lo que pensaba Boyd, la mirada en el rostro de su hermana le impedía sugerirlo siquiera; en el caso de ella, parte de su carácter, podríamos decir, cambió tras mirar el rostro de su hermano aquella tarde.

Para Alma, a partir de ese momento, Cliff estaba más vivo que nunca y su vuelta a casa era un hecho futuro que debía coronar todas sus esperanzas y añoranzas.

Una vez que las cartas de Cliff dejaron de llegar, con su información irrelevante y sus insípidas despedidas («vuestro devoto sobrino, Cliff»), se podría decir que tía y tío idealizaron al soldado como si se tratara de un santo, pues mientras que antes había habido poco que decir sobre él o sus cartas, ahora había casi menos que nada. Y sin embargo charlaban sobre él y mencionaban su nombre.

Durante algún tiempo después de que Cliff fuera dado por desaparecido, Alma había permitido a Boyd la libertad de decir que «no sabía, simplemente, no sabía», hasta que una tarde, a principios de verano, poniendo a un lado el periódico, Alma afirmó con gran severidad y firmeza:

—No sé por qué, en el nombre del cielo, sigues diciendo que no sabes, cuando está perfectamente claro que piensas que no volverá.

—Eso no es, en absoluto, lo que pienso. Ni de cerca —replicó Boyd, herido e indignado—. Como siempre, sacas tus conclusiones sin tener pruebas.

—Yo sé que volverá —gritó Alma, utilizando el mismo tono que empleaba en sus discusiones de política o religión.

—Ya lo sé —dijo Boyd con su acento más conciliador, situando la discusión en el terreno de lo histórico y lo objetivo—. Pero cuando yo digo que no sé, eso es exactamente lo que quiero decir.

—Tonterías —contestó ella, verdaderamente enfadada.

—No sé, Alma —le dijo, y sacudió las páginas del Sentinel.

—Tú tienes tu opinión, sea la que sea. Todo el mundo la tiene.

—Qué típico de una mujer —dijo sacudiendo la cabeza.

—Tú tienes tu opinión, que se inclinará más en un sentido u otro, y ser hombre o mujer no tiene nada que ver. Todo el mundo que piensa o siente sabe lo que piensa o siente sobre si alguien ha desaparecido o no, o sobre si va a volver o no.

—Vale, vale —Boyd se doblegó ante su ataque.

—Ya sé que crees que Cliff no va a volver —dijo ella, y su voz se entrecortó al decirlo.

La última vez que Boyd vio llorar a Alma había sucedido tanto tiempo atrás que no lo recordaba. Ni siquiera sabía si podía hacerlo. Sin embargo, en ese momento y por primera vez en su memoria reciente, la vio muy cerca del llanto.

—Simplemente espero contra toda esperanza —dijo Boyd finalmente, con voz reverente y apagada.

—Por lo menos eso haces. —La voz de Alma sonó otra vez con claridad y firmeza.

Se levantó y se fue arriba sin su habitual y desapasionado «buenas noches».

A veces, tras haber discutido, como esta noche, él la oía soltar ruidosas ventosidades en su habitación, y puesto que ella era tan correcta y maniática, él no sabía si se iba a su habitación en tales momentos porque sabía lo que iba a suceder, o si las soltaba como consecuencia de la discusión.

Una vez ella hubo abandonado la habitación, Boyd hojeó el Sentinel unas cuantas veces más, leyó por encima los resultados de los partidos estatales de béisbol universitario y examinó las noticias sobre la apertura de nuevas parcelas en Sugar Ridge, encendió la radio un momento para escuchar el parte meteorológico, asomó la nariz a la puerta para comprobar la temperatura, y luego se dirigió a su propia habitación donde estaría dando vueltas una hora o dos en su cama con dosel antes de quedarse dormido con el sueño inquieto de los viejos.

En su habitación, también Alma estaba inquieta y a veces refunfuñaba en voz alta sobre la falta de sensibilidad y la ceguera de Boyd. Un hermano así, cualquier hermano en realidad, dejaba mucho que desear.

Una vez que las cartas de Cliff dejaron de llegar, el cartero casi nunca cruzaba hasta el lado este de Peninsula Drive.

Alma pensaba que el Gobierno debería tener la necesidad moral de escribirles una larga carta sobre Cliff a intervalos regulares, una especie de comunicado, denso y detallado, pero aparte de una parrafada corta y casi ininteligible de un coronel, cuyo nombre había escrito a mano su secretario, no habían recibido nada en absoluto.

No obstante, cada mañana a las 9:00, Alma se iba a la puerta delantera y esperaba en la sombra de la puerta mosquitera mientras el cartero hacía su ronda. Este rito diario le permitió elaborar poco a poco, como en una lección a un alumno limitado, una especie de inventario de quién seguía vivo y quién había muerto entre sus vecinos inmediatos, pues pese a su larga ausencia de Rainbow Center, los vecinos que vivían en la zona eran los de toda la vida.

Para su mortificación, el cartero casi siempre tenía alguna carta para cada casa de la manzana, excepto para la suya (Boyd, por supuesto, insistía en recibir su correo personal en la oficina).

La señora Barrington, como era de esperar, era quien recibía el mayor volumen de correo en la ciudad y la atención más especial de la oficina de correos. En el pasado, los vecinos solían decir que la señora B. debería tener su propio servicio de correos, dado el montón de cartas que recibía. Y Alma no podía evitar sentirse algo enfadada con las frecuentes propinas de la vieja monarca al cartero y sus invitaciones de cuando en cuando a que pasara a su casa a tomar un «refresco», una costumbre muy cuestionable, en opinión de Alma.

—¿Y quién narices le escribe tantas cartas a Clara Himbaugh? —exclamó Alma una mañana cuando vio al cartero llevar un enorme manojo de correo a la casa colindante con la de Willard Baker.

Entonces se acordó de que Clara, por supuesto, era miembro de la Iglesia de la Ciencia Cristiana desde que su madre vivía, y el fajo de cartas debía tener algo que ver, ahora lo veía, con los practicante y seguidores de esa religión.

Alma recordó que cuatro o cinco años antes Clara se había extraído todos los dientes sin permitir que el dentista la anestesiara. Tras la intervención, Clara desapareció durante unos días. Finalmente, Alma había ido a su casa y, tras diez minutos de llamar inútilmente a la puerta mosquitera despertando a Willard Baker de su siesta matutina en la casa de al lado, entró en la casa sin más aviso. La encontró en estado semiinconsciente y quizás delirante, sin poder reconocer nada ni a nadie, con el pelo enredado como el de un cachorro; le preparó un caldo caliente y mandó llamar a un médico, que le puso una inyección.

No se supo si Clara llegó o no a enterarse de que Alma había llamado al médico, lo que contradecía sus creencias religiosas. Pero siempre mostró agradecimiento por el interés que su vecina puso en ella, aun cuando a veces tenían largas discusiones, algo amargas por parte Alma, respecto a la Ciencia Cristiana.

—Tienes que abandonar esta fe tuya o acabará contigo —le había dicho Alma unos días después de la extracción dental que casi se convierte en tragedia.

Clara no dijo nada.

—En primer lugar, el dentista debería haberse negado a hacerte una cosa así, con o sin religión. Y además, ¿por qué demonios te quitaste los dientes? ¿No te daba tu fe la fuerza suficiente para permitirte que te olvidaras de ellos?

—No voy a discutir contigo, Alma, porque no intentas entenderlo.

—Si no hubiera sido por mí, habrías muerto —le replicó Alma, con su característica brusquedad respecto a las debilidades de los demás—. ¿Qué me dices a eso?

Clara se limitó a sonreír con su sonrisa dulce y comprensiva y separó los brazos de la silla en la que se recuperaba cómodamente.

Ahora que Cliff había desaparecido, las cosas habían cambiado entre ellas, si no del todo, al menos en cierto grado. Ahora era Clara quien, de forma casi imperceptible, hablaba a Alma en tono condescendiente. En una ocasión, sólo unos días antes, tras una azorada discusión por parte de Alma, Clara le había dicho, después de una larga pausa:

—La Ciencia podría ayudarte a ti también, Alma.

Alma dirigió a Clara una mirada de desacuerdo de dimensiones casi imperiales unida a una petición de silencio. Recobrando parte de su seguridad, Almá afirmó:

—No tengo ningún problema, Clara, y lo sabes.

—Me temo que todos tenemos algún problema —rebatió Clara.

No permitió que Alma preparara su respuesta:

—Si tuvieras algo a lo que aferrarte, no te hubieras atado al recuerdo de Cliff, como pienso que estás haciendo.

La mirada de Alma frenó en seco a Clara, que se quedó callada un momento, pero luego, como ya había llegado hasta aquí, continuó:

—Todo lo que quiero decir, Alma, querida, es que si tuvieras la actitud de la Ciencia Cristiana hacia los difuntos… Si pudieras abandonar tu forma de pensar acerca de los ausentes…

—Nunca he considerado ni por un momento la idea de que Cliff haya muerto —dijo Alma en una voz que les resultó irreconocible a las dos, en un tono más grave que el de muchos hombres.

—Querida, yo no he querido decir… —Clara vio el peligro que se cernía sobre ambas.

—Yo creo que Cliff sigue vivo y que regresará a casa —anunció Alma con una voz alta y firme que debió llegar hasta los oídos de Willard Baker, puesto que salió al porche y miró en dirección a la casa de Clara.

—Todo va bien en lo que respecta a Cliff —afirmó Clara ahora con seguridad.

—Ya sé que crees que está muerto —Alma la acusó de repente, y su capacidad de ataque la ayudó a calmar en parte sus emociones.

—¡Pero, mi querida niña! —protestó Clara en su tono más humano—. ¡Yo, precisamente! —y se puso por testigo de algo que estaba por encima de ellas, pero se dio cuenta enseguida de que Alma no reconocía ni su gesto ni su significado.

—Sé leer una expresión en el rostro. Hasta un niño podría, al fin y al cabo. Y supe el día que lo declararon desaparecido que tú le creías muerto, o fallecido, o como quieras decirlo.

Alma acompañó su afirmación de una risa corta y amarga. Enderezó el broche que llevaba sobre el pecho, que había pertenecido a su madre y que empezó a usar cuando se retiró de la enseñanza.

Clara, sin embargo, ya estaba hablando de nuevo en el tono bajo pero profundo que utilizaba cuando leía en voz alta:

—Alma, no existe la muerte. ¿Cómo podría creer yo entonces que Cliff ha muerto? Y dudo, querida, al usar estas palabras. Lo hago únicamente a causa de tu actitud.

—¿Mi actitud? —Alma meneó la cabeza—. Entonces tú crees que él ha sido llamado, ya que no te gustan las palabras que al resto de la raza humana hasta ahora le han resultado satisfactorias para describir lo que nos sucede hasta al último de nosotros.

—Siento que Cliff está aquí con nosotros, y lo siento cada vez que pienso en él —afirmó Clara Himbaugh.

Alma se detuvo en este punto. No era una mujer religiosa ni una persona a la que le gustara debatir y argumentar sobre sentimientos profundos, pero hubo algo en la afirmación de Clara que le alcanzó. Inclinó la cabeza un momento. Luego, volviendo a mecerse en su silla, se limitó a decir:

—Por supuesto que lo está.

—Siento haber dado la impresión de que no estábamos de acuerdo.

Clara Himbaugh volvió a sacar toda su dulzura y su aséptico esfuerzo.

Alma sacudió la cabeza lentamente.

—Tú hablas de una cosa y yo de otra —explicó a la seguidora de la Ciencia—. Tú crees que Cliff nunca volverá en carne y hueso y que ha sido llamado a cierta mansión celestial. Yo no creo en ninguna mansión para los muertos, sino que Cliff volverá a casa en persona.

—¡Y yo también, Alma! —protestó Clara—. Siempre lo he creído. Lo creo con todo mi corazón y mi ser. Debes creerme. No dudes de mí.

—Muy bien, Clara. —Alma cedió un poco—. Pero el día que viniste aquí tras el telegrama del ejército, tu expresión no daba a entender lo que ahora acabas de decir.

—Estaba insegura y abatida —Clara aceptó la acusación—. Me temo que ese día no estaba en mi mejor momento.

—No le demos más vueltas, Clara, querida. —Alma sonrió con sobriedad.

—¡Seguro que Cliff…!

—¡Ya basta, Clara!

—¡… volverá! —concluyó Clara.

—¿Has oído lo de la nueva huésped de la señorita Van Tassel? —Alma subrayó el cambio de tema con dureza.

—¿La señora del bastón?

Alma asintió con la cabeza.

—Sólo he oído una cosilla o dos —admitió Clara, y de repente soltó una risita de niña en catequesis.

—Es una lástima para la pobre señorita Van Tassel —dijo Alma, ignorando el arranque de Clara—. Tiene miedo de alojar a universitarios, y no la culpo por ello, pero a una mujer sola, aunque se trate de una viuda, puede ser casi igual de arriesgado, y en cierto modo más molesto.

Clara estaba de acuerdo.

Alma se refería a la señora Minnie Clyde Hawke, que se había quedado viuda hacía un año o así. Poco después del funeral de su esposo (según decía, se resbaló en el peligroso sendero de gravilla del cementerio de Mapel Grove), se había habituado a llevar bastón. El mes anterior le había pedido a la señora Van Tassel que le alquilara su habitación grande en la parte delantera de la casa con el pretexto de que los recuerdos no le permitían vivir en su propia y bonita casa, de quince habitaciones. La semana pasada, la señora Van Tassel había accedido a la petición de la señora Hawke; la viuda cerró su casa a cal y canto y se trasladó.

No muchos días después, al entrar a limpiar en la habitación de la señora Hawke una tarde a primera hora, con la idea de que su nueva inquilina había salido, cuál no sería la sorpresa de la señora Van Tassel al encontrar el bastón de la señora Hawke dividido en dos partes sobre el escritorio, con una petaca de brandy (que evidentemente había salido del interior hueco del bastón) abierta y medio vacía. La señora Hawke, por su parte, con una bata vieja por encima, bebía en uno de los vasos de cristal tallado más bonitos del armario chino que la señora Van Tassel tenía en el piso de abajo.

—Cuánto lo siento, señora Hawke —había balbuceado la pequeña señora Van Tassel—. Estaba completamente convencida de que usted había salido.

Alma dijo que no repetiría lo que la señora Hawke contestó.

—Por supuesto —se apresuró a decir Alma, ante la mirada sorprendida y dolida de Clara Himbaugh—, por supuesto que estaba bebida o nunca le habría dicho tales cosas a una señora mayor como la señorita Van Tassel. Evidentemente, lleva encerrada allí, bebiendo, toda la tarde.

Clara Himbaugh cerró los ojos dulcemente y sonrió sin maldad. Nunca hacía comentarios sobre este tipo de cosas en un sentido u otro, pero actuaba, sin perder un detalle de estas historias (nunca prohibía que se cotilleara en su presencia), como alguien inmerso en un rezo.

Sin embargo, de repente preguntó:

—¿La señora Hawke seguirá viviendo con la señora Van Tassel?

—La señora Van Tassel no está segura, deduzco, por algo que me comentó el otro día. No quiere pedirle a la señora Hawke que se vaya. Para empezar, daría lugar a más comentarios. Además, es sólo un problema médico. Alcoholismo, ya sabes, en sus últimas etapas.

Clara asintió con tristeza.

—La señora Hawkes ha ido ha todas partes con ese bastón nuevo. Al cine, a la iglesia, al hotel, a tomar el té, incluso a algunos funerales. No puede pasar sin él, y no hay prueba alguna de que de verdad se cayera en el cementerio, ya sabes.

—Y todo este tiempo su preciosa casa de quince habitaciones cerrada y vacía —se lamentó Clara.

Alma expresó su acuerdo con una inclinación silenciosa y se puso en pie para irse.

Clara se levantó también, a la vez que preguntaba:

—¿Boyd está bien y activo como siempre?

—Boyd sigue yendo cada día a su oficina —replicó Alma con cierta sequedad.

—¿No es fantástico? ¡A su edad! —exclamó Clara con rotundidad, y en volumen demasiado alto para el gusto de Alma, inapropiado dada la banalidad del comentario.

—No bajes la guardia, Clara —continuó Alma.

Clara abrió la mosquitera para dejar salir a su visita. Luego, mientras se daban un ligero abrazo de despedida en el porche, Clara tuvo una idea:

—Tienes tantos recuerdos hermosos de Cliff, Alma, querida... ¿Por qué no los reúnes todos?

La repentina incursión en su intimidad le resultó tan inesperada que de forma involuntaria se deshizo del abrazo de la Científica.

—No es aún tiempo de conmemoraciones, Clara —dijo Alma, algo pálida y con los ojos muy abiertos. Su severidad avergonzó a ambas.

—Eso no es lo que quería decir, Alma, querida. —La voz de Clara persiguió a la tía de Cliff por el camino de entrada, demasiado suave para que ésta la oyera.

Sin embargo, la palabra conmemoración permaneció en la mente de Alma como una melodía que hubiera oído sin querer y sin querer recordara.

Para alejar su resonancia y significado, no dejó de parlotear aquella noche durante la cena, dándole vueltas al tema de la señora Hawke y su bastón de caña hueca. Pero Boyd se negó a escucharla, explicando que nunca había estado interesado en este tipo de cotilleos cuando era joven y ahora que era viejo tenía menos intención si cabe de darle oídos.

Dejando su tenedor sobre la mesa, Alma le dijo:

—No creo que lo que le ocurra a un vecino y amigo pueda considerarse cotilleo. Si tuvieras un mínimo sentido comunitario, te importaría lo que le ocurre a la señorita Van Tassel... Está muy preocupada por tener que ocuparse de la señora Hawke.

—Entonces, que le diga a la señora Hawke que se vaya —replicó Boyd, impertérrito.

—Eso es más fácil de decir que de hacer —continuó Alma, levantándose para servir el postre.

—Me acercaré y hablaré con la señorita Van Tassel —contestó Boyd, conciliador, cuando Alma volvió a la mesa con su tarta de crema caliente.

—No harás nada de eso —le dijo Alma, poniéndole sobre la mesa con un gesto vigoroso su plato.

—Quizás lo haga —dijo Boyd, cortando casi la mitad de su ración en dos y llevándose el trozo humeante a la boca.

Masticó ruidosamente, con la boca abierta, de forma que si alguien hubiera estado sentado en el ángulo correcto habría visto su lengua cargada de crema y hojaldre, girando implacable. Nunca había aprendido a cerrar la boca mientras masticaba, y lo hacía de una forma bastante molesta. Normalmente, Alma miraba hacia otro lado mientras él comía, pero esta vez le clavó la mirada, como para abarcar plenamente lo desagradable de su falta de etiqueta en la mesa y, armada con esta visión, ser más estricta con él en el futuro.

—Quizás durante años, o al menos durante meses —comenzó Alma, mientras él se acababa su tarta—, la señora Clyde Hawke ha engañado a todo el mundo con su bastón. Nadie, que yo sepa, sospechaba que bebía tanto. La gente pensaba que era la presión sanguínea lo que la aturdía. Y sin embargo, su bastón era una fuente de extrañeza para todos.

—Una pose, según pensaban los comerciantes del centro.

—Boyd se limpió la boca con la servilleta, sin dejar de masticar, sus ojos entrecerrados por el placer de la digestión.

—Nadie diría ahora que es una pose —afirmó Alma, recogiendo los platos de la mesa.

—¿No vas a comer tarta? —preguntó Boyd, mirándola, un tanto avergonzado de haberse acabado su parte antes de que ella hubiera empezado siquiera.

—Puede que tome un poco luego en la cocina. —La voz de Alma se suavizó al contestarle.

—Dejas que los vecinos te trastornen —le dijo Boyd.

—No me gusta pensar que la vieja señorita Van Tassel tiene que compartir la casa con una loca, beoda y consentida —contestó Alma desde algún rincón de la cocina.

Boyd no la había oído, y ya estaba en la sala delantera, arrellanado en el sillón, leyendo el Sentinel.

—Dios santo, no puedes andar preocupándote por todo el mundo —masculló.

—¿Qué es lo que dices? —gritó Alma desde la cocina. Normalmente ignoraba sus balbuceos, pero aquella tarde no le gustó que mostrara tal indiferencia a los problemas de la señora Van Tassel.

—No he dicho nada —gritó Boyd cuando ella repitió la pregunta.

—Hay un abismo que separa el cotilleo de la preocupación por los propios vecinos —le informó, acercándose un momento a la sala, en deferencia a su sordera.

—Está bien, me doy por corregido —dijo Boyd, evitando que siguiera la discusión después la cena.

—Nada de lo que he dicho sobre lo que ocurre en casa de la señorita Van Tassel es exagerado ni equivocado.

—Soy consciente de ello. —Boyd sacudió las páginas del diario.

—Estoy muy preocupada por la situación —dijo Alma, retirándose otra vez a la cocina. Metió las manos en la espuma para lavar la sartén—. Sea como sea, nadie puede imaginar lo que una mujer consentida como la señora Hawke puede llegar a hacer. —Hablaba tan bajo que su voz apenas llegaba hasta él, refugiado tras las páginas del periódico.

Casi la única persona con la que Alma podía hablar en su vecindario, o incluso en todo Rainbow Center, y la única mujer con la que quizás tenía algo en común era la profesora auxiliar de francés para principiantes de la universidad, Faye Laird, a quien la gente del pueblo seguía conociendo como la hija de la señora Laird.

Faye y su madre vivían al otro lado de la calle en diagonal a la casa de Alma y Boyd, junto a la de la señora Van Tassel, y enfrente de las de Willard Baker y Clara Himbaugh.

Faye dio clases en el State College casi la mitad de su vida, aunque aún no había cumplido los cuarenta y cinco. Volvía a casa todas las tardes (la enseñanza universitaria daba una cierta libertad, a diferencia de las clases de quinto, como solía decirle a Alma) para cuidar a su madre, que pasaba la mayor parte del tiempo postrada en la cama, y no recordaba los nombres de la gente, y a veces ni siquiera reconocía a su propia hija.

Un día en que Alma había cruzado la calle para contarle a Faye la noticia de la desaparición de Cliff, la señora Laird había llamado a voces desde el piso de arriba preguntando qué hacían dos mujeres en su sala de estar.

—Madre, soy yo, tu Faye, y Alma Mason —había replicado la hija, mortificada, como quien se dirige a un niño.

—¿Faye? —gruñó la señora Laird—. Faye se fugó hace años con un estafador de poca monta del First National Bank. No me hable como si no pudiera reconocer a mi propia hija…

La señora Laird se refería a unos treinta años atrás, cuando Faye, con dieciséis años, iba a casarse con el hijo del director del banco, Bob Phillips. La señora Laird, que había oído rumores sobre la vida privada del pretendiente allá en Cincinatti, se interpuso. La pareja de novios tuvo que retrasar una y otra vez la fecha de la boda (la señora Laird no permitía una simple ruptura) hasta que se pospuso indefinidamente y nunca se volvió a hablar del tema. Pasado un tiempo, el joven Phillips se trasladó a Los Ángeles y se convirtió en un hombre prominente económicamente y con gran éxito social. Nunca volvió a Rainbow Center, excepto para asistir al funeral de su padre.

Faye parecía no guardar rencor a su madre por haber dado al traste con su matrimonio. Ella siempre había sido muy pequeña, y a los veinticinco parecía tener catorce. Ahora, pasados los cuarenta, no parecía ni joven ni vieja, ni de mediana edad ni madura. Su cara se parecía a la de una enana, porque no presentaba las arrugas de una mujer de su edad, pero su aspecto gastado tampoco podía ser el de una niña.

Alma pensaba que Faye casi disfrutaba de la larga enfermedad de su madre; la forma en que la trataba parecía la que se aplicaría a un hijo predilecto. Faye pasaba largas horas con su vieja madre, cantando y hablando con ella en un lenguaje y un vocabulario que en parte sólo era comprensible para ellas.

Boyd siempre sacudía la cabeza cuando Alma le contaba «noticias» sobre Faye y la señora Laird. Él tenía la firme convicción de que la señora Laird había sido una madre egoísta y dominante, y de que Faye había pagado un precio terrible por su devoción. Boyd profetizaba una y otra vez que cuando la señora Laird muriera, Faye tendría que enfrentarse a la crisis suprema de su vida, que incluso puede que cayera en una depresión y se volviera tan incapaz como su madre.

—Se las arreglará para mantenerse activa con algo —Alma contradecía la afirmación de Boyd con cierto cariño.

Tras mantener estas discusiones con Boyd en torno a Faye, a menudo Alma se sentaba a pensar que su madre también había ocupado una buena parte de su vida. Sin embargo, al final había logrado dejarla para irse a enseñar a un colegio de un estado vecino, y tras todas las preocupaciones y los cuidados y los gastos, que Boyd no había compartido, su madre había muerto dejándole, hasta la llegada de Cliff, una sensación de vacío y de energía no utilizada.

Luego, cuando Netta, la mujer de Boyd, murió, Boyd se vino a vivir con ella, y finalmente Alma se retiró de la enseñanza para pasar el resto de su vida en Rainbow Center.

A veces, los jóvenes o quienes no les conocían de antes, les tomaban a ella y Boyd por marido y mujer, un error que no agradaba a ninguno de los dos.

Como hizo su madre antes que ella, Alma pasaba mucho tiempo meciéndose en la silla y mirando por la ventana que daba, desde un ángulo u otro, a las casas de Faye Laird, Willard Baker, Clara Himbaugh y la señora Van Tassel. Guardaba una reserva de frutos secos para las ardillas, numerosas en el vecindario, y cultivaba gran número de plantas y flores de interior poco usuales.

La principal ocupación después de jubilarse iba a ser su tienda de regalos. Se preocupaba por ella más que por ninguna otra cosa. La mayor parte del tiempo pensaba en la gente; no con esa curiosidad, de eso estaba segura, que se aplaca sólo con el chismorreo, sino con un sentimiento creciente de misterio e inquietud.

Y ahora siempre estaba de fondo la presencia de Cliff. No podía entender cómo, por el mero hecho de haberse puesto las ropas del Tío Sam, podía haberse ido tan lejos a algún lugar del Pacífico del que no volvería nunca.

Capítulo 3

Olor a ketchup

En julio, los furgones y los camiones cargados de tomates maduros, rojos y jugosos, se encaminaban hacia la fábrica de ketchup y unos días después comenzaba a notarse el olor fuerte e intenso de la mezcla de tomate, especias y azúcar.

Durante los primeros días de la «temporada del ketchup», Alma siempre se enfermaba. Afortunadamente, el olor sólo permanecía unas cuantas semanas, como mucho, pero coincidían con el verano. Al llegar las primeras heladas, con las puertas y las ventanas cerradas y los árboles desprendiéndose de sus hojas, podían olvidarse del ketchup y de la fábrica hasta el año siguiente.

Este verano, con el calor y la densa fragancia de la verdura asada, Alma recordó que a Cliff también le desagradaba el olor de la preparación de los tomates. Un mes de julio, cuando, por primera vez, Alma había rechazado enseñar en la escuela de verano, ella y Cliff pasaron juntos más tiempo del habitual. Una tarde, durante toda una hora, mientras jugaban a las damas, se habían alternado para criticar la fábrica de ketchup.

—Es el pan y la sal para quienes trabajan en el sector —aseveró Boyd con sobriedad—. Toda esta ciudad estaría en la ruina sin el ketchup. —Y les recordó que incluso en los momentos más difíciles de la depresión, la fábrica había seguido en marcha.

—Los abrelatas y el ketchup se siguieron vendiendo durante los años de más desempleo —terminó Boyd.

Y ahora, pensaba Alma al recordar sus conversaciones con su sobrino y percibir el olor que anunciaba el verano en Rainbow Center, Cliff había dejado de existir, excepto por la etiqueta de «desaparecido» delante de su nombre.

Desde que Alma se había retirado de la enseñanza y no pasaba la mayor parte del día entre niños, estaba cada vez menos satisfecha con su comprensión y conocimiento de los problemas y la vida de los adultos. No comprendía, suponía ella, como había oído decir a su madre hacía muchos años, «lo principal de la vida», y lo atribuía al hecho de ser una maestra solterona.

Pero con Cliff «desaparecido» y sin apenas interés por su tienda de regalos, sólo podía preocuparse de problemas adultos, los de sus vecinos. Había muy poco en qué pensar aparte del bastón de Minnie Clyde Hawke, el mal carácter de Willard Baker o el hecho de que la señora Laird hubiera arruinado las oportunidades de su hija Faye.

En el repentino y absorbente vacío de su vida, la palabra conmemoración que había escapado de su propia boca o de la de Clara Himbaugh (ya no estaba segura) seguía en su mente, tan persistente como el olor del ketchup. Odiaba el tono, el sonido, el significado de conmemoración tanto como el de ketchup, y los dos, tanto el olor como la palabra, eran un tumor en su mente.

«Podrías apuntar todo lo que sabes sobre él». Creía oír las empalagosas palabras de Clara que le llegaban con la vaharada de los tomates dulces al cocinarse. «Podrías hablar de las cosas que Cliff hacía y de sus logros. Otros lo han hecho antes que tú».

—Pero Cliff volverá —dijo Alma en voz alta—. Los recordatorios y las conmemoraciones son para los que ya no volverán.

El sonido de su propia voz rompió su ensoñación, y la enfrentó a su dilema particular, de pequeñas proporciones, pero peculiar y real para ella. Aparte de la preocupación por los vecinos y su vaga atención a la tienda de regalos, se daba cuenta con intranquilidad del gran número de horas que pasaba reconformando en una especie de confusa fantasía la vida de Cliff, y esas ensoñaciones eran a menudo en sí mismas una conmemoración silenciosa de la breve carrera de su sobrino.

Se alegraba de contar con esa única fotografía de Cliff, y con frecuencia aún más de tener todas sus cartas. Para muchos, como Boyd, las cartas no decían nada. Era precisamente en lo poco que decían donde Alma leía lo mucho que había allí. Era en las omisiones de Cliff donde Alma adivinaba su vida.

Boyd, desde luego, se había preocupado por Cliff a su manera, como a veces un hombre sin hijos puede hacerlo, pero ella estaba segura de que Cliff no ocupaba el mismo espacio en la mente de Boyd que en la suya. Apenas pasaba una hora de su vida diaria sin que pensara en Cliff. En este sentido, había pasado a ocupar el lugar de su madre.

Incluso cuando Cliff era un niño pequeño y sus padres vivían, había ocupado un espacio especialmente significativo y a la vez oscuro en su corazón. No se había dado cuenta, pero tras declararlo desaparecido, logró por primera vez reconocerse a sí misma, si no ante los demás, la importancia fundamental aunque indefinida que Cliff había supuesto en su vida, y a menudo estaba segura de que era en realidad ella, y no Boyd, quien sentía que Cliff no volvería nunca.

Ésa era quizás la razón por la que le indignaba tanto que Boyd no se definiera sobre si Cliff estaba «desaparecido» o se trataba de otra cosa. Boyd, como el hombre de la casa, debía decirle una cosa o la otra: ¿Cliff iba a volver o no? Pero era impreciso, y tendía a posponer su opinión, como muchos hombres, lo que ella respetaba y despreciaba a la vez.

Hoy Boyd había vuelto inesperadamente pronto de su oficina inmobiliaria y su repentina llegada la había sacado de su ensoñación.

—¿Y ahora qué te ocurre? —le gritó Boyd al encontrarse con la enigmática expresión de su cara.

—¿Cómo dices? —Alma enrojeció de ira, como si él hubiera abierto de golpe la puerta de su vestidor—. ¿Es que no puede una persona siquiera mostrar una expresión normal de concentración en esta casa sin que la critiquen por ello?

Pero sus manos, así como la expresión que su cara había mostrado, transmitían con claridad un sentimiento de ausencia. Se levantó enseguida y caminó hasta la mesita donde había dejado un mantel de hilo que estaba cosiendo.

—Maldita sea —masculló Boyd—. Espero que no te estés exprimiendo la cabeza pensando en la señorita Van Tassel y su inquilina. No se lo merece.

—¿Quién no se lo merece? —Alma fingió enfado ahora, pero sonrió a la vez con alivio, porque él, como solía ocurrir, estaba lejos de acertar, por lo menos en lo que a ella concernía.

—Ninguna de esas malditas mujeres, ni Minnie Hawke ni la señorita Van Tassel deberían alterarte de esta forma…

Alma se sentó con el mantel en las manos y exploró la superficie recorriéndolo cuidadosamente con la aguja.

—La señorita Van Tassel no tiene necesidad alguna de tener inquilinos. —Boyd volvió sobre el tema de forma casi compulsiva.

—La señora Hawke no es una inquilina. —Alma se unió a la discusión de forma automática—. Se limita a alquilar la habitación grande de delante que da a nuestra casa. Todas sus comidas las hace en el Candle Glow.

—La señora Van Tassel siempre se ha negado a alquilar sus habitaciones a las chicas de las oficinas y ni siquiera a algún muchacho de la universidad, que podría haberle servido de ayuda y protección. —Boyd repitió el discurso que ya había expuesto a Alma decenas de veces, pero ella le escuchó con tanta atención como si él hubiera vuelto de la oficina expresamente para contarle algo importante—. En algún sentido, me alegra que se haya topado con el elemento que ella creía iba a ser la velita del pastel: «Minnie Clyde Hawke se aloja en mi casa». Aún la oigo gorjear por todo el vecindario, intentando impresionar a la gente porque creía que Minnie era «alguien»... Y ahora resulta que es alcohólica.

—Ay, por favor —Alma protestó, riéndose a pesar de todo, a punto de dejar caer el mantel de hilo.

Luego, dilatando las fosas nasales, dijo:

—Cómo odio ese olor.

Boyd frunció el ceño mirándola.

—¿Que dirías si escribiera un resumen de la vida de Cliff? —le comentó a Boyd un día o dos después.

—¿Quién te ha dado esa idea? —Puso sobre la mesa el último número de National Geographic.

—No va a ser una conmemoración, si es eso lo que estás pensando —atajó, pero sin el habitual tono cortante.

—Bueno, espero que no —replicó, y había una especie de vergüenza en su forma de decirlo.

—Conmemoración fue la palabra que Clara Himbaugh utilizó para ello, me temo —dijo Alma, y de repente se sorprendió de su propia estrategia. Quería que Boyd la convenciera de dejarlo.

—Tengo que reconocer que eso sí es una novedad —Boyd rió con sorna desde su postura superior—. Tomar tus ideas de Clara Himbaugh, me refiero. —No se molestó en evitar la condescendencia.

—Yo no he dicho que la idea viniera de ella —contestó débilmente, y enseguida reconoció su falta de veracidad, y al pensar que fue Clara quien sugirió la idea a la que ella se había aferrado tan posesivamente, se sonrojó.

—Bueno, conmemoración es un término excelente, si quieres mi opinión —Boyd volvió a la revista.

—¡Sólo era una idea! —dijo Alma, poniéndose en pie.

—¿Y qué pasa con tu tienda de regalos? Los tres o cuatro años antes de retirarte no hablabas de otra cosa. Decías que no podías esperar al día en que pudieras dedicarte en cuerpo y alma a ella.

—Supongo que su emplazamiento es malo. —Hoy aceptaba las críticas con humildad y ecuanimidad—. O quizás sea culpa mía… Pero ya lo resolveré —retomó un poco de su anterior vigor—. También debería viajar, supongo, para encontrar cosas que le gusten de verdad a la gente en una tienda como la mía.

—La verdad es que no entiendo qué demonios vas a escribir en una conmemoración de Cliff —dijo Boyd cuando ella iba a salir de la habitación.

Alma se paró un momento.

—Sería algo de tipo familiar —dijo en voz baja.

—Ya veo —dijo él, respetando su tono.

Alma se daba cuenta de que Boyd no estaba de acuerdo, y con cierto enfado notaba que se compadecía de ella. Significaba, estaba claro, que si bien no llegaba a animarla a escribir la conmemoración, y ahí seguía el dichoso nombrecito, le seguiría el juego en su «antojo», como había hecho con el asunto de la tienda de regalos. Porque Boyd siempre se oponía a ella sólo hasta cierto punto, y luego cedía con su habitual condescendencia, indiferencia, pena o humor, según las circunstancias y su propio punto de vista.

Cuando regresó a la habitación, Alma le mostró a su hermano un enorme cuaderno negro, bastante feo, con una estampación que decía ANOTACIONES, que dijo que iba a usar como un «comienzo» para lo que fuera a escribir sobre Cliff.

—Una especie de anotaciones, sólo para nosotros —explicó, pero su voz no pudo atravesar la sordera del hombre, y Boyd no pensó que hablara para otro que no fuera ella misma.

La planta delantera de la casa seguía dividida en dos habitaciones grandes. La habitación oeste, que antes de que decidieran instalar una estufa había permanecido cerrada, era la menos utilizada, y la habitación este que daba a las casas de la señora Van Tassel y de los Laird, que era la que Alma y Boyd utilizaban como sala de estar. Pero ahora que tenía su cuaderno de «anotaciones», Alma empezó a sentarse en la otra, delante de un enorme escritorio de madera de nogal que había sido de su padre y que nadie había utilizado en el pasado excepto a veces Boyd, cuando deseaba hablar en privado con un cliente de la inmobiliaria, o repasar viejos documentos fiscales.

Pero fuera por la apariencia comercial y legal del cuaderno de «anotaciones» y de sus páginas, fuera por algo más profundo que no se atrevía a considerar, no logró escribir nada durante los primeros días, pero recordó más cosas en ese periodo de lo que había hecho quizás en toda su vida, y en ese ejercicio de la memoria encontró una tranquilidad y una concentración que le sorprendieron. Había habido cuatro sobrinos, y todos ellos pasaron por el servicio militar; los tres que volvieron, Junie, Gabe y Johnson, se habían casado y marchado al oeste. Rara vez escribían ni enviaban regalos o recuerdos, y al final Alma entendió que eran ellos quienes de verdad estaban «desaparecidos».

Aunque Alma a menudo había tenido dudas sobre las capacidades de Cliff e incluso sobre su carácter (los otros tres sobrinos siempre habían parecido mucho más competentes y «adaptados» en todo lo que hacían), él fue su favorito desde el principio y, fenómeno entre fenómenos, también de Boyd, porque en cualquier otro asunto bajo el sol ella y Boyd habían estado en desacuerdo. Excepto en éste: en lo que se refería a Cliff estaban totalmente de acuerdo, en una unanimidad sin límites: Cliff tenía algo especial.

Era difícil, sin embargo, saber qué era, aunque Alma ahora estaba más segura que nunca de que eso existía. Su fotografía en la habitación este que hacía de sala de estar casi parecía retocada. Aparecía incluso guapo, y eso que Cliff nunca fue muy atractivo. Pero poseía ese asombroso aspecto fresco, como si acabara de salir de un bosque o de un estanque, aún mojado por el baño.

Lo mejor de Cliff era que no le importaba sentarse con la gente mayor, charlar con ellos y sentirse a gusto, como si no hubiera barreras de edad. Incluso su risa era tan natural y despreocupada como si estuviera con sus coetáneos. No se preocupaba por el paso del tiempo: los otros sobrinos se excusaban tras diez minutos de conversación. Con Cliff los minutos se convertían en horas cuando hablaba con Boyd y Alma, y eso nunca lo habían olvidado.

Cuando se fue, Alma y Boyd de golpe se sintieron viejos. En ellos crecía el vigor o la esperanza porque hablaban del sobrino.

El día que Cliff se presentó para su ingreso en el ejército, tiró toda su ropa, excepto la que llevó al centro de reclutamiento, y la había dejado en un montón en medio del dormitorio.

Semanas después, al llegar a casa por vacaciones, Alma había recogido toda esta ropa, sucia y arrugada, sujetándola con sumo cuidado, como si quisiera conservar todos los pliegues y arrugas que Cliff había dejado en ellas, y luego las había depositado con mimo en un inmenso arcón de cedro en el que no guardaba ninguna otra prenda; lo cerró con llave.

Cuando llegó el telegrama, ella se había encontrado de forma casi inconsciente junto al arcón, pero no lo abrió. Y hasta el día de hoy seguía así, porque parte de su mente, la que daba los discursos, le decía que Cliff no estaba muerto y que un día, de forma del todo inesperada, sorprendiéndoles en medio de sus tareas cotidianas, entraría por la puerta.

Alma había olvidado que si Cliff regresaba, ya no sería un muchacho. Sería un hombre maduro, un veterano.

Pero el arcón mitigaba muchas de las preocupaciones que le asaltaban. A veces, al final de la tarde, antes de preparar la cena para Boyd, pasaba ligera la mano sobre el baúl, y le invadía un sentimiento de esperanza, tan inexplicable como conmovedor.

Cliff no era ordenado, podría haber escrito en su cuaderno de anotaciones, pero su mano ni siquiera se había movido en dirección al bolígrafo. Estaba acostumbrado a dejar sus cosas en medio del suelo, no ponía sus pertenencias en un lugar fijo, y por eso nunca se acordaba de dónde estaba nada. A menudo guardaba una camisa o unos pantalones usados en un cajón del escritorio y no se acordaba de ellos ni lograba encontrarlos hasta seis semanas o seis meses después. La mayoría de las veces perdía sus gemelos y no volvía a encontrarlos, y en su ausencia, Boyd o él mismo se veían obligados a coser botones en las poco prácticas mangas francesas. Había perdido dos relojes de pulsera, y, dado que siempre extraviaba los guantes, había dejado de utilizarlos.

Alma se preguntaba qué habría pasado en el ejército, donde por fuerza habría tenido que ser limpio, ordenado, rápido y obediente.

Quizás Cliff había aprendido a ser todas estas cosas, decidió Alma. Boyd lo suponía así, y luego les informaron que le habían concedido el Corazón Púrpura, un nombre que le producía náuseas.

Y una vez más, Alma se encontró pensando en su sobrino en presente, en lo que en una ocasión había visto descrito en algún lugar como «presente engañoso». Muchas veces confundía los tiempos y sentía que Cliff estaba en casa y en el ejército al mismo tiempo. Esperaba que en cualquier momento entrara y se sentara a cenar con ella y con Boyd, y un momento después estaba esperando que llegara una carta desde su dirección de campaña.

Sonó la hora en el reloj de la habitación este.

Qué extraño, qué terrorífico, qué tranquilizador, pensó, dejando el cuaderno de anotaciones sobre la mesa, que el tiempo pase.

Primero estamos aquí, se dijo, siendo un tipo de persona, y poco después perdemos toda relación con aquel tiempo y con quiénes éramos entonces, hasta que alguna minucia nos devuelve a ese período durante un breve y relampagueante segundo, para regresar de nuevo al presente.

—La hoja diaria de escándalos. —Boyd la saludó con el acostumbrado comentario vespertino cuando depositaba el periódico en el regazo de Alma.

A veces Alma respondía a este saludo con complacencia, con un gruñido casi inaudible.

Hoy, al final de la tarde, en el duermevela se le trenzaban los confusos recuerdos del sobrino y su pasado, así que sólo se humedeció los labios y no dijo nada.

—¿Todo bien? —preguntó Boyd débilmente.

—Necesito algunas cosas de la tienda —le replicó severa.

Intentó recordar si de verdad necesitaba algo.

—Subiré a comprarlas en un minuto —le respondió Boyd, aprovechando la indecisión.

—Necesitamos aceite para cocinar, estoy casi segura —comenzó a enumerar—. Algo de queso para combinar con la empanada, es decir, si te apetece empanada….

Mientras ella hacía la lista, Boyd desapareció tras la puerta de la sala de estar.

Al otro lado, ella podía oírle orinar.

Esta noche ni siquiera le molestó ese sonido, que otras veces la irritaba para toda la hora de la cena. Su orina golpeando la cerámica de repente no significaba nada.

Volvió, retocándose la bragueta con la mano derecha.

—¿Quieres que te escriba una lista de las cosas? —Repetía la misma pregunta todos los días, con las manos enlazadas.

—Lo tengo todo en la cabeza —replicó Boyd, señalando el sombrero que acababa de ponerse.

—Podrías traer un poco de nata para montar —añadió en el último minuto.

—¿Eso es todo, entonces?

Alma asintió.

Cuando por fin se fue, Alma de repente se fijó en que no le había oído vaciar la cisterna. Estudió la puerta por la que se salía de la sala, caminó lentamente hacia ella, la abrió, entró en el retrete, miró la taza y tiró de la cadena.

Decidió lavarse las manos en la cocina, donde tenía una pastilla nueva de jabón de verbena.

Se las lavó despacio y con cuidado, como un cirujano, hasta las muñecas. Se las enjuagó y se secó con una toallita para la cara, bordada con violetas, que había pertenecido a su madre.

A veces, por las tardes, tenían la costumbre de apagar todas las luces y sentarse a hablar en la oscuridad. Quienes pasaran por su puerta podrían atribuir la ausencia de luz a que estarían viendo la televisión. Pero no tenían televisor, ya que ninguno de los dos sentía el menor deseo de verla ni de escuchar cosas que, al final, no les afectaba demasiado.

Una vez sentados en la penumbra, el vacío y la intemporalidad del presente se alejaban un poco. En esta oscuridad especial y elegida, sus edades se volvían ambiguas, y podrían haber pertenecido de nuevo a cualquier fase vigorosa de sus vidas.

Mientras hablaban el uno con el otro en la oscuridad, incluso parecía que estuvieran volviendo a vivir todas sus vidas de una vez, y pudieran controlar sus diversas personalidades. Amigos y parientes fallecidos hacía tiempo entraban en su conversación, y el duro e implacable vacío de lo contemporáneo se disipaba. Podían, por decirlo así, ver tierra, respirar aire. El peso de la noche se diluía.

El sonido chirriante de los arrendajos azules anunciaba que la mañana estaba bien avanzada. Una hora después, más o menos, del primer canto de los pájaros, se oía el silbato de la fábrica de ketchup anunciado el mediodía y la pausa del almuerzo.

Alma recordaba que Cliff a veces volvía de su trabajo en el jardín o en alguna otra tarea de la casa a buscar algo de comer, y los arrendajos chirriaban agudamente con cada golpeteo de la mosquitera.

—Cliff, ¿te apetece un plato de frambuesas recién cogidas?

Oía su propia voz que regresaba de lo recóndito del pasado.

Volviendo al presente, se incorporó sobre la mesa de la cocina para consultar la receta de los rollitos Parker House, porque había decidido regalarles una docena a Clara y a Faye como sorpresa.

Su madre jamás había tenido que consultar este libro de recetas, aun cuando había sido ella quien anotaba las instrucciones con su letra precisa y firme de aquellos días; las recetas, incluso las francesas, siempre le habían resultado algo connatural. Las había apuntado, como le explicó a Alma un día, solamente para que otras personas pudieran consultarlas cuando ella ya no estuviera.

Capítulo 4
El profesor

Poco después de comprar el libro de anotaciones para darse cuenta luego de que no podía escribir ni una palabra, pasó por delante de la casa de Alma una persona que, según le pareció de forma instintiva, podría tener la clave que solucionara su problema, y quien con una palabra o sugerencia podría liberar en Alma todas las cosas que deseaba escribir sobre Cliff. Esta persona era el profesor Mannheim.

En tiempos de Cliff, el profesor vivía con su esposa, nacida en Alemania, en una casa de estructura de madera que limitaba directamente con la parcela de Alma en su lado oeste. Cuando Cliff se fue al ejército, el profesor Mannheim, tras un ataque de gota, estuvo muy enfermo una temporada y, a raíz de ello, vendió a Alma su propiedad para trasladarse a otro lugar más cercano a sus clases en la universidad. Alma había derruido la casa del profesor para que no ocultase las vistas y le permitiera ver la puesta de sol.

Alma estaba de pie en la cocina cuando vio al profesor pasar cojeando. Parecía mucho mayor, en parte porque se empeñaba en caminar con un bastón. Cerca de la universidad se negaba a utilizarlo, porque era aún muy vanidoso en lo que se refería a su aspecto personal, pero al alejarse de su casa rara vez prescindía de él; eso sí, todavía se resistía a ponerse gafas en público, y era también su mala visión lo que, junto a la gota, hacía que caminara a trompicones como si fuera mucho más viejo.

En los días de Cliff, el profesor Mannheim había sido un hombre atractivo y vigoroso que engañaba sobre su edad con un indómito cabello rizado y negro, y una mirada anormalmente intensa. Eran su pelo y sus ojos los que le habían convertido en una especie de ídolo de los alumnos de ambos sexos de sus clases de historia. Los alumnos ignoraban en general sus ideas políticas, si es que llegaban a escucharlas, ideas que en otros tiempos se consideraban peligrosas, o incluso propias de traidores, y se concentraban en cambio en el magnetismo de su presencia física, que era considerable, y que atraía a las chicas y despertaba una admiración casi carente de crítica en los chicos.

A ojos de Alma, el profesor Mannheim se distinguía de todos los profesores por otra razón, y sólo por ella: le había confesado a Alma de forma inequívoca en los días en que eran aún vecinos que Cliff era su alumno favorito, si no el más brillante. Este comentario, aunque había agradado a Alma, también le irritó, porque sentía que de alguna forma había un mayor entendimiento entre Cliff y el profesor que entre Cliff y ella, o entre Cliff y Boyd.

Por eso, hoy vio pasar al profesor con sentimientos encontrados, y por primera vez en muchos años recordó los rumores escandalosos sobre Mannheim, que ahora, una década después, estaban casi olvidados, y sobre los que Alma, en su larga separación de la vida de la ciudad, había oído hablar sólo por accidente, y que eran los siguientes:

La primera esposa del profesor Mannheim, Elsa, ya fallecida, también había apreciado mucho a Cliff. Aislada del círculo universitario y de la gente de la ciudad a causa de su timidez natural, así como por su falta de dominio del inglés, Elsa, de eso Alma estaba segura, había confiado a Cliff, plena aunque no sabiamente, ciertos secretos de su matrimonio y más en concreto sus sospechas sobre las indiscreciones del profesor Mannheim con sus estudiantes.

Alma basaba esta arraigada conjetura en una sobremesa de verano en la que había sorprendido a Cliff en medio de una angustiosa conversación con Elsa, que suspiraba y lloraba de forma audible. «No debes contarle a nadie lo que te he dicho sobre el profesor».

Y Cliff nunca había contado lo que le había revelado Elsa Mannheim.

Alma había sabido de las «hazañas» del profesor Mannheim posteriormente, a través de nada menos que la señora Van Tassel, que, tras visitar una tarde el cementerio de Maple Grove (tenía su propia llave del portón del cementerio), se dio cuenta al salir a la carretera que se había dejado el bolso en la parcela de su familia. Tras conseguir una linterna de la casa del sacristán, se empeñó en volver sola a buscarlo. Cuál no sería su sorpresa cuando al encender la linterna descubrió al profesor Mannheim tumbado con una jovencita en una parcela próxima.

Les había pillado, según contó a Alma, en pleno acto.

La señora Van Tassel estaba segura de que la pareja culpable no la había reconocido. El profesor Mannheim gritó como un cerdo atrapado, y la chica lloró histéricamente aplastada bajo su abrazo. Su acoplamiento físico en ese momento les había impedido separarse, y habían seguido tumbados bajo la luz inesperada de la linterna, imposibilitados y avergonzados, mientras la señora Van Tassel recogía su bolso y, deteniéndose cada pocos pasos a causa de la emoción, se dirigía a trompicones hasta el portón de entrada del cementerio.

Cuando logró cerrar la pesada puerta de acero tras de sí, el joven Bill Pfeiffer, que pasaba conduciendo su camión de reparto de la floristería, se fijó en ella.

«Nunca en mi vida he estado más contenta de ver a alguien» solía exclamar la señora Van Tassel en los días en que contaba esta experiencia. Desde el momento en que vio a Bill Pfeiffer se dio cuenta que no habría podido volver a casa sin ayuda, y por supuesto olvidó tanto al sacristán como a su linterna.

Que eso había ocurrido hacía ya muchos años Alma podía confirmarlo observando el paso arrastrado del profesor Mannheim que iba desapareciendo de su vista. La primera señora Mannheim había muerto, y el profesor, como era de esperar, se había vuelto a casar, y su segunda mujer, como también era de esperar, había sido una de sus antiguas alumnas.

Pero ahora el profesor invertía la mayoría de su tiempo libre criando todo tipo de variedades de cactus, y parecía completamente satisfecho de pasar sus tardes en compañía de su actual esposa.

El profesor Mannheim nunca había estado en casa de Alma desde los tiempos de Cliff, y ella sabía que no volvería por allí.

Hubo una época en que ella se vanagloriaba de que tal deshecho moral nunca pisaría su umbral. Pero ahora no sentía satisfacción ni orgullo en ello. La desviación moral del profesor Mannheim ya no le afectaba. Una nueva generación de universitarios sólo veía en él a un viejo erudito a la espera de su retiro y su pensión, y para Alma era el único que le traía recuerdos de Cliff y de ella misma como eran entonces, en aquel tiempo, en cierta forma tanto más importante, tanto más intenso.

Precisamente aquella mañana, poco después de que el profesor Mannheim pasara delante de su ventana, la señora Van Tassel había ido a visitarla cruzando a través de su jardín trasero hasta el de Alma, que estaba inspeccionando su arriate de mirtos.

—El profesor Mannheim no parece muy fuerte ni muy sano —comentó Alma sin modificar su posición sobre los mirtos, antes siquiera de dar los buenos días a la señora Van Tassel.

—¿Quién dices? —le preguntó la señora Van Tassel, con voz fuerte y áspera.

—Si no se cuida, no seguirá mucho más con nosotros, me temo. —Alma arrancó unas cuantas hojas secas del arriate y acarició con cuidado las nuevas—. ¿No crees que tiene mal aspecto? —siguió Alma, levantando al fin la vista hacia la señora Van Tassel, que aún no estaba del todo segura de a quién se refería.

Poniéndose de pie, Alma le dijo:

—Pasa dentro y tómate un trozo de tarta. La saqué del horno hace sólo un par de horas.

—La verdad es que debería regresar ya —le contestó la señora Van Tassel, poco convencida.

—Pasa y pruébala —le dijo Alma.

Las dos mujeres caminaron hasta la cocina con la cabeza gacha.

Alma sacó su pastel de crema de chocolate, que en la época de su madre había obtenido un premio en la feria comarcal.

—¡Ay, pero es demasiado generoso para esta hora del día! —exclamó la señora Van Tassel cuando Alma le sirvió un pedazo—. ¡Cielo santo, pero qué bien huele!

La señora Van Tassel probó el pastel.

Alma se sentó al lado de su invitada y dio cuenta de su trozo.

—Sabes —Alma retomó la palabra—, en vida de la primera señora Mannheim, el profesor comía mucho más, y mejor. Su segunda esposa no vale mucho como cocinera. Muchas veces comen fuera de casa.

Aceptando este tema de conversación, la señora Van Tassel dijo:

—La primera señora Mannheim era la esposa perfecta para cualquier hombre... Pobre Elsa —añadió, rozándose los labios con una servilleta de papel.

Tras decir esto, la señora Van Tassel guardó silencio. Estaba claro que no quería hablar del profesor Mannheim, pero también estaba claro que Alma sí quería, y que hablar de él era parte de su estrategia para alcanzar otro asunto que le interesaba más.

—Todo el mundo sabe que el profesor Mannheim siempre ha bebido mucho —dijo Alma, aunque este aspecto de la personalidad del profesor nunca se había comentado demasiado en la ciudad—. Pero con su primera esposa también comía mucho, y su mal hábito se equilibraba con los platos que ella le servía.

—Si sólo se hubiera tratado de la bebida —la señora Van Tassel se dejó llevar por el peso del pasado.

—Bueno, ahora sólo puede tratarse de eso —afirmó Alma con una mezcla peculiar de moralidad y pesar en su tono—. A juzgar por su aspecto, quiero decir, no es mucho lo que puede hacer.

Alma dejó su plato en la mesa.

—¿Cómo la haces? —preguntó la señora Van Tassel, alegre ahora, señalando con el tenedor el último trozo de tarta.

—Sírvete otro poco —dijo Alma con seguridad.

—Si como más, reviento —le contestó la señora Van Tassel.

—No me digas que estás a dieta —la presionó Alma.

La señora Van Tassel lo negó con un rotundo «No» y una risita propia de niña.

—Ya sabes que a Cliff le gustaba el profesor Mannheim —dijo Alma sin dejar el tema.

—Sí. —La señora Van Tassel se puso más seria.

—El profesor Mannheim le prestó muchos libros. Fue de gran influencia para Cliff. Cliff pasaba horas allí, ya sabes.

—Pero eso nunca le afectó a Cliff, estoy segura. —La señora Van Tassel puso los ojos en blanco—. Cliff era… un chico tan bueno.

—Por supuesto, sabemos que Cliff no conocía los detalles de la vida privada del profesor Mannheim —aseguró Alma. Se detuvo a pensar en lo que había dicho y se sonrojó.

La señora Van Tassel había aceptado el segundo trozo de tarta, y no podía hacer más que masticar, con la mirada, un tanto desenfocada, vagando por la sala.

—Bueno, pero todo eso ocurrió hace tanto tiempo —dijo Alma de repente, y tanto Cliff como el profesor Mannheim se desvanecieron como personajes de un libro cuyas tapas se hubieran cerrado de golpe con impaciencia y de forma irreversible.

—Yo nunca pienso en ello, Alma. —La señora Van Tassel puso su plato vacío sobre la mesa—. Parece que ocurrió hace mil años. —Se refería a lo ocurrido en el cementerio con el profesor Mannheim.

—Tienes otros problemas más inmediatos —aprovechó Alma. La señora Van Tassel hizo un gesto para mostrar que no deseaba hablar de la señora Hawke.

—No tienes por qué aguantarla —siguió Alma, sonsacándola.

—Las cosas no son tan sencillas —suspiró la señora Van Tassel, rindiéndose una vez más al tema que Alma le proponía.

—Creo que basta con que le digas que se vaya. Es decir, si es que quieres que se vaya.

Alma cruzó los brazos.

La señora Van Tassel consideró el consejo que no había venido a pedir.

Alma se removía en la silla durante el silencio que siguió.

—Tú siempre haces que todo parezca fácil, Alma. —La señora Van Tassel contraatacó con más vigor del habitual—. Tu madre siempre lo decía.

—Soy consciente de algunas de mis carencias —rió Alma, incómoda.

—No sé si eres consciente o no. —La señora Van Tassel continuó, firme y seria, casi desagradable, de forma que no parecía que estuvieran en un entorno de amistad y tarta compartida.

—Verás, yo le debo a la señora Hawke cuatro mil dólares —dijo la señora Van Tassel.

Alma se puso ligeramente pálida y luego enrojeció.

—Ya veo que estás sorprendida y supongo que desengañada —comentó la señora Van Tassel, con cierta satisfacción.

—Supongo que me siento herida —admitió Alma—. ¿Por qué no te dirigiste a mí?

—Bueno, supongo que siempre te vi como alguien que estaba fuera… y se decidió todo en el calor del momento. Tenía que arreglar la casa, ya sabes. Eso fue hace dos años. Era algo que había que hacer o toda la propiedad se hubiera venido abajo. Y entonces la señora Hawke vino a verme.

La señora Van Tassel miraba hacia abajo, a la pequeña alfombra de retales, con los ojos repentinamente tan vacíos y distraídos como los del profesor Mannheim.

—Bueno, pero no se trasladaría a vivir contigo a cambio de la deuda.

—No, no, eso tengo que reconocerlo en su favor —afirmó la señora Van Tassel, sacudiendo la cabeza—. Ella me paga regularmente su renta... Y además me trae tantas cosas.

La señora Van Tassel se colocó una horquilla marrón que se le había soltado un poco al pasarse la mano por la nuca.

—Y, si no te importa la pregunta, ¿qué es lo que te trae? —preguntó Alma, con interés y frialdad.

La señora Van Tassel no lograba estarse quieta, dirigiendo su mano una y otra vez hacia la horquilla suelta.

—Bueno, cosas de comer... de la tienda de alimentación, ya sabes.

—Vaya. —Alma no cejó en su desaprobación.

—Mi vida ha sido una lucha diaria, sabes, desde que mi marido falleció —dijo, con un gesto de rendición.

—Me habría agradado dejarte yo el dinero —dijo Alma, con firmeza, controlando con mucho cuidado el tono admonitorio de su voz, pero sin querer volver a oír los detalles de la muerte del señor Van Tassel, hacía ya unos veinte años.

—Gracias, Alma —dijo la señora Van Tassel con emoción—. Siempre he valorado tu amistad, más de lo que te imaginas. Pero en este asunto de la señora Hawke, supongo que fue simplemente el destino.

—Que le debas dinero no quiere decir que tenga que ocuparte la casa —la voz de Alma siguió fría y decidida.

—Ya lo sé, Alma. Pero creo que la entiendo un poco mejor que... otra gente. Ella también perdió a su marido, y ahora no tiene a nadie, ¿comprendes?... Hemos llegado a tener mucho en común. Mira, fue idea de ella que intentara convencerte para que nos vendieras la parcela que hay entre tu casa y la de los Bakers. Pensó que podíamos montar entre las dos un pequeño invernadero, para estar ocupadas en algo.

Alma ignoró la referencia al invernadero.

—¿Pero la señora Hawke no debería estar en un sanatorio? Con el dinero que tiene y demás, podría irse adonde tuviera la mejor atención profesional, y curarse.

—Ella cree que puede acabar con su problema sin entrar en ningún sanatorio —dijo la señora Van Tassel—. Y lo está intentando.

—No me digas. ¿Va por ahí con ese bastón suyo y dices que lo está intentando?

—Está intentando abandonar el hábito. —En este punto la señora Van Tassel no cedía—. Y yo quiero ayudarla.

—Me temo que te está hundiendo a ti —le contestó Alma, con un punto de enfado.

—No, Alma. —La actitud de la señora Van Tassel era calmada y tranquilizadora, más de lo que lo había sido en los días en que era amiga de la madre de Alma—. No te preocupes por mí, Alma.

—Me preocupo y pienso seguir haciéndolo. Ella no pinta nada en tu casa.

—Pero yo le debo….

—¡No le debes nada!

Alma se había entregado a un arranque de emoción y ahora podía seguir hablando con más amabilidad, pero estaba claro que tenía un plan.

—Hace un momento hablabas con tanta comprensión sobre el viejo profesor Mannheim, que bien sabe Dios que era una especie de leproso. —La señora Van Tassel parecía dolida y asombrada.

—Bueno, por supuesto que era un insensato. —Alma quitó importancia al tema.

—¿Insensato? —la señora Van Tassel fingió no haber oído bien.

—Aquellas alumnas con las que iba no eran mejor que él. —Alma se inventó este argumento sobre la marcha.

—Ay, Alma —la señora Van Tassel se mostró muy dolida—. No deberías siquiera considerar tales ideas.

—La señora Hawke no pretende destruirse sólo a sí misma, sabes —Alma regresó obstinada al tema anterior.

—Alma, Alma. —La señora Van Tassel se levantó de la silla.

—Haz que se vaya. —Alma puso la mano sobre el hombro de la señora Van Tassel—. Yo te doy los cuatro mil hoy mismo, si quieres. Pero no sigas con esa mujer y su bastón. Trae mal ambiente al vecindario.

—Ay, querida —exclamó la señora Van Tassel.

—Piensa bien en lo que te estoy diciendo —Alma se levantó, y la señora Van Tassel la imitó, un tanto insegura, hasta que se alzó del todo.

—Tengo que pensar también en ella.

—Tienes que pensar en ti… La gente buena como tú sois los primeros en caer —le advirtió.

—A eso no puedo contestar nada.

—No hace falta. Vuelve a casa y reflexiona sobre lo que te he dicho. Pero no puedes seguir con ella y estar a salvo.

—¿Qué es lo que sabes sobre el profesor Mannheim? —le preguntó Alma a Boyd unos días después, mientras pasaban el rato mirando por encima las diferentes secciones del Sentinel, del que de vez en cuando Alma recortaba con las tijeras una columna para su archivo.

—¿Qué? —contestó Boyd, no porque no lo hubiera oído sino porque no podía creer lo que oía.

—He dicho que qué sabes sobre el profesor Mannheim. No veo por qué tiene que sorprenderte tanto.

—Dios, yo nunca pienso en él —replicó Boyd, mientras se ataba un cordón del zapato.

—Pero en aquellos tiempos, hace diez años, seguro que estabas al tanto de su vida —afirmó Alma, mirando por la ventana en dirección a la casa de la señora Van Tassel.

—Yo no vivo tanto en el pasado como tú, Alma. —Elevó su voz de sordo.

—Supongo que tu vida diaria debe ser muy emocionante —le dijo ella.

Boyd se hizo el sordo ahora.

—El profesor Mannheim es el típico holandés —comentó Boyd al poco.

—Querrás decir alemán, ¿no? —le corrigió.

—Quiero decir lo que he dicho.

—¿Sabes si veía mucho a Cliff? —preguntó Alma con voz alta y clara.

Se produjo un largo y profundo silencio durante el cual los músculos de la mandíbula de Boyd se tensaron. Alma estudió de cerca su cara, y después miró hacia otro lado. Sabía que aquella pregunta le había enfadado.

—No creo que Cliff y el profesor se vieran en absoluto —explotó Boyd finalmente.

—Me pregunto entonces por qué estás tan cabreado.

—Ahora te dedicas a entretenerte con cotilleos de hace años —bramó él.

—No, no creo que se trate de eso. —Su firmeza chocó con el enfado de Boyd.

—La vida privada de un hombre es cosa suya —añadió Boyd con más calma.

—Eso lo aplicarías también a un asesinato, supongo —comentó Alma.

—Desde luego que no.

—Entonces le darías al profesor Mannheim un cheque en blanco por su rectitud moral —Alma siguió pinchándole.

—No le escribiría un cheque en blanco a nadie en ese aspecto, ni siquiera a ti.

Alma se aclaró la garganta y se dirigió a la esquina de la sala donde tenía sus flores. Tocó una hoja nueva de los geranios.

—Simplemente me preguntaba —comenzó otra vez con una curiosa mezcla de timidez y arrogancia—, si el profesor Mannheim veía mucho a Cliff, lo suficiente para saber cosas suyas, para poder contarme cosas sobre él.

Entrelazó las manos, y, al darse cuenta de su gesto, como un actor aficionado al que el director corrige, dejó caer los brazos pesadamente a los lados.

—Por el amor de Dios —dijo Boyd, suavizando un poco su tono, y alejando de ella su mirada abochornado—, ¿por qué no te olvidas de Cliff por un tiempo? Deja que descanse en paz.

Se estremeció al oír su propia conclusión, pero Alma se limitó a seguir de pie impasible e inexpresiva como en esos días en que su propia capacidad auditiva empeoraba.

Luego, como para enfatizar que no había oído la última frase de Boyd, añadió con la voz que reservaba para vencer la sordera.

—Hace unos años el profesor Mannheim se vio implicado en escándalos graves, de los que se tuvo noticia en la ciudad además de en el campus.

Boyd chasqueó la lengua para expresar desdén y burla.

—¡Siempre hurgando en el pasado! —dijo al fin—. Nunca dejas las cosas estar… Eso es lo que te gusta. Sacar a relucir lo que debería llevar años olvidado.

—Parece que lo defiendas por encima de todo —gritó, sintiéndose herida.

—Defenderle, menuda tontería, no sé lo suficiente sobre él para defenderle. Pero sí sé que ahora se comporta como es debido, por lo que yo veo.

—Todo lo que yo pretendía saber antes de que perdieras la compostura —siguió ella—, es si el profesor Mannheim y Cliff se veían mucho.…

—¡Y yo digo que dejemos a Cliff descansar en paz! —La cortó casi con brutalidad—. ¡Ha cumplido con su deber patrótico!

Tiró el periódico al suelo, pero ante la mirada de dolor en el rostro de su hermana, se agachó lentamente para recoger las hojas esparcidas, las ordenó y colocó tranquilamente sobre el regazo.

—Perdona, Alma —le dijo, pero ella no dio muestras de haberle oído.

—Es que —comenzó, caminando lentamente arriba y abajo por la sala, como hacía con frecuencia cuando estaba sola— había pensado escribir, como te dije, algo sobre Cliff… y la idea de que el profesor lo haya conocido como alumno se me pasó por la cabeza….

—¿Y por qué no habías de ver al profesor, si es ahí donde quieres llegar? —Parte de su irritación anterior regresó por debajo de la repentina amabilidad que acababa de asumir.

—Simplemente no podía creer que él hubiera conocido o comprendido a nuestro Cliff. —Se enfrentó a él con esta afirmación como si resumiera todo el problema.

—Lo que el profesor Mannheim pueda haber hecho en su vida privada, si es que lo hizo —siguió Boyd—, y lo que hacía en sus clases son dos cosas muy diferentes. Estoy seguro, por ejemplo, que debe haber ejercido una buena influencia sobre Cliff —Boyd tranquilizó a su hermana con esta ficción—. Si es que le influyó en algo —añadió para sí mismo.

Ella esperó a que siguiera.

—Y si vas a escribir esas memorias —y se detuvo.

—Sí —exclamó ella con su anterior tono imperioso.

—No hay razón alguna por la que no debas ir y hablar con quien te apetezca sobre él —dijo Boyd por fin.

Capítulo 5
Una cuestión de afiliación

Alma seguía con las dudas sobre la conveniencia de visitar o no al profesor, y sobre cómo escribir algo sobre Cliff, cuando Faye Laird pasó inesperadamente a verla a primera hora de la tarde. Quizás con intención de celebrar el final de las clases del semestre, Faye trajo consigo un gran surtido de las primeras flores del verano.

Mientras Alma colocaba las flores en unos jarrones japoneses que no había logrado vender en su tienda, le hizo a Faye las típicas preguntas sobre el final del curso académico.

—¿Como sigue tu madre de la cabeza? —preguntó Alma con su habitual brusquedad—. Quiero decir, ¿hay algún signo de mejora? —añadió a raíz del cambio de expresión de Faye.

Faye le replicó sólo después de que Alma levantara la cabeza un par de veces mientras colocaba las flores.

—Yo siempre mantengo la esperanza respecto a Madre. —Luego, tras emitir lo que Boyd llamó una vez su «risita sosa de mujer educada», Faye siguió con un cierto tono incisivo en su voz—: Clara Himbaugh pasó por casa hace un par de días a rezar por Madre.

Alma no había acabado de colocar todas las flores en los jarrones, pero al escuchar este comentario, se apresuró a encajar de cualquier forma las que faltaban y se sentó junto a Faye en la antigua mecedora.

—No creo que Clara pinte nada allí —Alma entró en materia.

Faye lo consideró brevemente.

—Clara dijo que sabía que Dios curaría a Madre —y Alma detectó inmediatamente una nota extraña en la voz de Faye.

—¡Pero tú ya tienes tu propia iglesia, niña! —exclamó Alma, aunque en ese momento no recordaba si Faye era baptista o metodista, y tampoco el nombre de los pastores de esas iglesias en Rainbow.

—Lo estaba pasando tan mal con Madre a fin de curso… Y entonces un día, cuando sentía que no podía soportarlo ni un momento más, apareció Clara, como salida de la nada —explicó Faye—. Así que dejé que pasara y rezara por Madre.

—No creo que al reverendo Alter le parezca bien que dejes que algo así ocurra. —Alma se acordó de golpe que Faye era metodista.

—Dios es Dios —replicó Faye con más firmeza, pero el tono de disculpa predominaba.

—Supongo que no serás tú la nueva «científica»….

Faye contempló las flores de verano que había traído, rígidas y acartonadas en los floreros japoneses.

—Éste ha sido mi peor año, Alma. Madre apenas puede levantarse de la cama.

—Pero en todo este tiempo no has llamado a un especialista —le dijo Alma con una nota de enfado casi violenta en la voz.

—Pero el doctor Haynes dijo que ningún médico podía ayudarla ya. Supongo que ésa es la razón por la que no he acudido a un especialista. —Faye jugueteó con su anillo, que a Alma siempre le había parecido —hasta el punto de producirle apuro—de compromiso.

—¡Por el amor de Dios, no busques consuelo en la Ciencia Cristiana! —le advirtió Alma, evitando mirar a su visitante—. Recuerda lo que le ocurrió a la propia Clara Himbaugh cuando dejó que el doctor Koontz le extrajera una muela sin tomarse siquiera una aspirina. Y no olvides…

—Ya sólo el hecho de que Clara rezara por Madre me ayudó

muchísimo —dijo Faye—. El reverendo Alter no ha hecho nada parecido por nosotras.

—Eso es culpa de él, no de tu iglesia —continuó Alma.

—No puedo evitarlo, Alma —Faye contestó con dulzura pero sin ceder. Volvió a jugar con el anillo—. Dejaré que Clara siga viniendo.

—Ya veo —dijo Alma, cogiendo del suelo la cesta de costura y rebuscando en ella—. Quería enseñarte un rollo de hilo muy curioso que acaba de llegar a la tienda desde Japón —le explicó—. Pero parece que no logro encontrarlo.

—¿No te lo enviaría Cliff, por casualidad? —preguntó Faye con extraña inocencia.

Las mejillas de Alma se volvieron blancas y luego granates.

—Ha sido un regalo reciente de un antiguo profesor amigo mío —Alma contestó con una sequedad poco frecuente en ella.

—No has ido a la iglesia, me refiero a tu iglesia, en una larga temporada, ¿verdad, Alma? —observó Faye como de paso, sin darle importancia.

—Voy en las fechas importantes —replicó Alma—. Siempre.

—Te habría ayudado mucho, pienso, unos meses atrás, cuando te sentías tan pesarosa por lo de Cliff —siguió Faye, y Alma supo, por el temblor en la voz, el gran esfuerzo que le había costado decir esto. A nadie le gustaba mencionar a Cliff en presencia de Alma, a menos que hubiera dado permiso para ello y aprobado por adelantado el tema—. La oración podría conseguir incluso traerlo a casa —dijo Faye, con el último aliento de coraje en su voz.

—Faye —exclamó Alma, luchando por mantener la compostura. Se meció un momento y puso a un lado la cesta de costura—. No haría daño alguno —Alma retomó el tema anterior— que llamaras a un especialista de Cincinnatti, digamos, o incluso de Nueva York. Podría examinar a tu madre en profundidad.

—Alma, ya he pasado por todo esto con otros doctores, y consultamos a un especialista, cielo santo, hace años. Te has olvidado de todo eso.

—Un único especialista no es suficiente —advirtió Alma, pero mostraba menos convicción.

—Tú nunca has oído rezar a Clara Himbaugh, ¿verdad? —añadió Faye, sin poder evitarlo.

—Sí, desgraciadamente la he oído. Y me gustaría que, si no le queda más remedio que rezar, se pagara una buena dentadura.

—Alma, ese comentario no es digno de ti.

—No hay necesidad de actuar en público si no se puede evitar hacer ruido con los dientes, como le pasa a ella. De la misma forma que un lisiado no debe aparecer en un ballet. No todo el mundo está capacitado para rezar, al menos en público….

—Alma, me parece que estamos en desacuerdo —susurró Faye.

—Por cierto, quería preguntarte —siguió Alma animada, mientras se mecía en su silla, como si la discusión acerca de Clara y la Iglesia de la Ciencia hubiera tenido lugar semanas atrás—, ¿ves mucho al profesor Mannheim cuando vas a la universidad?

La costumbre de Alma de cambiar abruptamente de tema, con frecuencia de forma incongruente, era conocida por todos, pero la inesperada mención del profesor Mannheim le resultó casi siniestra a Faye.

Alma, por su parte, ni siquiera esperó a recibir una respuesta a su pregunta, que a todas luces ella misma consideraba retórica.

—Sabes, Faye, he estado escribiendo una especie de apuntes biográficos sobre Cliff, mientras esperamos su vuelta a casa. Es una idea que se me ocurrió de repente —explicó, pero al decirlo su rostro cambió de color y dejó de mecerse.

—¿Lo sabías? —Alma habló con severidad cuando vio la extraña expresión de Faye.

Faye negó con la cabeza.

—Debo decir que parecía como si lo supieras. —Alma recordó preocupada que toda la idea de la conmemoración había partido de Clara Himbaugh.

—Supongo que me ha sorprendido que me preguntaras por el

profesor Mannheim —dijo Faye, algo desconcertada por la inquietud que Alma mostraba, pero se encontraba cansada y mientras contestaba se levantó de la silla.

Algo dolida al ver que Faye se ponía en pie, Alma no contestó, y se levantó lentamente de la mecedora.

—Me imagino que estás pensando en la mala fama que se ganó el profesor —dijo Alma.

Faye se limitó a mostrarse inexpresiva.

—No me digas que has olvidado sus andanzas —Alma intentó hablar en tono jocoso, pero sólo logró uno obsesivo y amenazador—. Sólo me preguntaba si el profesor Mannheim podría ayudarme a completar la faceta académica de la vida de Cliff —añadió, dado que Faye continuaba callada.

—Yo diría que sí —replicó Faye con voz indiferente.

—¡Evidentemente, no te parece bien que lo vea, o algo así! —dijo Alma con frialdad.

—¡En absoluto! De hecho, se me habían olvidado sus escándalos —reflexionó Faye. Se retiró un mechón de pelo de la frente—. El tiempo vuela, y no hay forma de evitarlo —se rió.

—Bueno, estoy segura de que él nunca influyó en Cliff en sentido moral —dijo Alma, observando la impaciencia por irse de su amiga—. Faye, siéntate otra vez, por favor —le rogó de repente— y prepararé un poco de chocolate caliente. Te vendrá bien una taza.

—Me encantaría —replicó Faye, con una muestra de simpatía y comprensión—. Pero tengo que irme a casa. Mi madre estará muy nerviosa. Ya sabes que sólo puede estar sin mí periodos muy cortos.

—Por supuesto, lo entiendo —replicó Alma—. Pero si me haces el favor de pasar un momentito por aquí a la biblioteca —indicó a la habitación oeste—. Tengo algo que mostrarte.

Faye entró a medias, y Alma se lanzó sobre la mesa de trabajo y volvió con un libro de registros.

—Estoy anotando todo lo que recuerdo de él, ves.

Alma extendió el libro ante Faye. Pero al abrir y ver las páginas en blanco del libro, se detuvo. Había gruesas lágrimas en los ojos de Faye; cuando Alma extendió el libro ante ella, cayeron sobre sus mejillas y labios.

Alma, con los ojos secos, miró hacia otro lado.

—Creo que el profesor Mannheim tendría muchas cosas que contarte.

Alma escuchó la voz cálida de Faye, que en el silencio de la sala podría haberse tomado por la de Clara Himbaugh.

—Tengo intención de ir a verlo en cuanto pueda —dijo Alma, y se adelantó para recoger el libro de las manos de Faye.

Se besaron brevemente en la puerta.

—Saluda a tu madre —dijo Alma, con una voz que apenas podía reconocerse como suya.

Esa tarde, después de la cena, mientras Boyd ojeaba un ejemplar antiguo del National Geographic, Alma dijo:

—Me temo que tenemos ante nosotros un interesante caso de conversión en nuestro vecindario.

—¿Quién está convirtiendo a quién? —Boyd habló con repentino mal humor, y dejó de golpe la revista sobre la rodilla.

—Clara Himbaugh está arrastrando a Faye Laird a la Ciencia Cristiana.

Boyd lanzó un silbido.

—No hay duda alguna. —Alma se animó por la evidente muestra de interés de Boyd—: Con la excusa de rezar por la vieja madre de Faye, Clara ha estado abriéndose camino a su casa durante toda la semana pasada más o menos. Y si me pides mi opinión creo que Faye está lista para pasarse a la fe de Clara. Siente que su juventud ha pasado y que sus oportunidades de matrimonio son nulas, y supongo que se está agarrando a la última brizna de hierba.

—Yo habría dicho que después de pasar toda su vida yendo a la universidad, a Faye no se le ocurriría pasarse a la Ciencia Cristiana. —Boyd sacudió la cabeza.

—Bueno, la gente con estudios no está más exenta de hacer el idiota que los demás. Como yo le dije a Faye, ya tiene su propia iglesia, ¿por qué no se vuelve hacia ella en momentos de confusión?

—Por todos los demonios, Clara Himbaugh lo habría pasado mal intentando convertir a la madre de Faye cuando esa anciana tenía la cabeza en su sitio —reflexionó Boyd—. Si Faye tuviera el coraje de su madre, no dejaría llegar a Clara ni a la primera base.

—Eso es lo que le falta a Faye, coraje —Alma opinaba lo mismo—. Hoy se echó a llorar aquí mismo.

—¿Por qué demonios lloraba?

—No sé por qué —Alma fue evasiva—. Supongo que por su madre y demás. Y que nunca se ha casado...

—Nadie puede negar que su madre le arruinó la vida —dijo Boyd—. Estaba realmente enamorada del tal Bob Phillips.

—Parece que Faye piensa que debería ver al profesor Mannheim para lo de la conmemoración. —Alma cambió de tema pero con más tacto y menos énfasis de los habituales.

—Verle ¿para qué? —Boyd parecía haberse quedado en blanco.

—¡Por lo de la biografía que estoy escribiendo sobre Cliff, por supuesto!

Boyd miró la cubierta del National Geographic.

—¿No te acuerdas de lo que te dije sobre esas memorias? —le refrescó.

—Sí, claro —contestó impaciente—. Y yo te dije entonces que si querías ver al profesor Mannheim que lo hicieras.

—De todas formas, saqué la conclusión de que no lo aprobabas.

—¡Que no lo aprobaba! Te dije que hicieras lo que te apeteciera ya que de todas formas es lo que haces siempre. Pero ya que me lo vuelves a preguntar, te lo digo. Sería más correcto que dejaras que una tercera persona fuera a ver al profesor.

—¿Una tercera persona? —Alma se mostró incrédula.

—Eso es. Para empezar, creo que el profesor Mannheim aún está dolido por el precio que pagaste cuando le compraste su casa.

—Vaya. Es la primera noticia que oigo de tal cosa —intentó la ironía, pero se puso colorada.

—Pues él cree que te aprovechaste —insistió Boyd.

—¿Ah, sí? Pues yo le pregunté una y otra vez si le parecía que mi oferta era justa y siempre me contestó que sí, con su absurdo siseo alemán.

—Por lo que yo sé, se ha lamentado muchas veces en la universidad y hablando con la gente de Rainbow. A todos les dice que le exprimiste.

Alma puso en movimiento su mecedora.

—Menudo momento para quejarse, después de tanto tiempo... De todas formas, no sé a qué te refieres con lo de una tercera persona. —Su voz sonó lastimera.

—Sólo hay una persona por estos pagos que de verdad pueda ir a hablar con el profesor Mannheim y sacarle alguna información —dijo Boyd.

Alma abrió ligeramente la boca.

—¿No sabes a quién me refiero? —se burló Boyd.

—Pues no, no lo sé —dijo ella, y su irritación era tan grande como su curiosidad.

—¡A la señora Barrington, por supuesto! —declaró Boyd en tono triunfal.

El silencio de Alma confirmó un asentimiento, por mucho que evitara aceptarlo. Entonces recordó:

—Pero ella está en Washington.

—La señora Barrington volvió a Rainbow anoche —informó Boyd—. No soporta pasar el verano en la capital, ya sabes.

—¡La vieja monarca! ¡Cielo santo! —gritó Alma.

Sin lugar a dudas, la señora Barrington era la persona a la que uno tenía que recurrir en Rainbow para cualquier asunto de verdadera importancia. Si Boyd y Alma no la habían mencionado últimamente en sus charlas diarias, era, precisamente, porque siempre estaba presente.

Alma miró por la ventana que daba al sur donde, asentada en una parcela lo bastante grande para abarcar una reserva forestal, repleta de todas las variedades de árboles, matorrales, flores, enredaderas y setos, se veía la mansión victoriana de la señora Barrington, que se elevaba por encima de todas las casas de Rainbow. Sin embargo, a causa de su extensión y su grandiosidad, la finca de la señora Barrington en Peninsula Drive marcaba la frontera de la ciudad, más que formar parte de ella. Lo más significativo de la señora B., como solían llamarla, no eran sus estancias, sino sus idas y venidas. Era el espíritu en tránsito de Rainbow.

—Por supuesto, la señora Barrington fue una vez la presidenta del consejo de administración de la universidad. —Alma estaba haciendo una cuidadosa valoración del consejo de Boyd.

—Ha sido de todo —dijo Boyd, quitándole importancia a la reputación de la señora Barrington como mujer de negocios—. ¡No en vano debe rondar los cien años!

—Desde luego, los ochenta y cinco ya los ha pasado —afirmó Alma con seguridad.

—Noventa por lo menos —añadió Boyd—. Tenía casi la edad de nuestra madre.

—Creo que debí haber ido a ver al profesor Mannheim directamente, sin decir a nadie ni pío —se quejó Alma.

—Aún puedes hacerlo, si quieres, por todos los demonios —le dijo Boyd—. Simplemente, pensé que….

—Ya lo sé. Simplemente pensaste que metería la pata hasta el fondo.

—Creo que el profesor Mannheim le contaría a la señora Barrington cualquier cosa que él supiera sobre Cliff. Puede incluso que conserve redacciones y exámenes de entonces. Guarda todas las cosas de sus alumnos, según dicen.

Boyd cambió de postura intranquilo ante el silencio glacial de Alma. Finalmente fue ella quien habló.

—Supongo —dijo— que si la señora Barrington le pidiera a

cualquiera, especialmente a un profesor, que le contara lo que sea, sería como una orden real y tendrían que contestarle, lo supieran o no. Mientras que si fuera yo quien le preguntara al profesor….

—Es sólo cuestión de delicadeza —se defendió Boyd—. El profesor Mannheim no tiene confianza en nosotros…

—En mí, quieres decir.

—Muy bien, en ti.

—Me aproveché de él.

—La verdad, ya que lo mencionas, creo que lo hiciste —anunció Boyd con tranquilidad.

Como respuesta sólo se oyó el movimiento acelerado de la mecedora de Alma. Ya estaba pensando en su próxima visita a la señora Barrington.

CAPÍTULO 6

DE ALGUIEN HAY QUE HABLAR

Cuando las cartas de Cliff dejaron de llegar, a Alma le costaba recordar con claridad cómo se sucedían los hechos. Las cosas parecían ocurrir sin orden ni concierto, y todas a la vez. No había una progresión ordenada: Corea, las bombas de hidrógeno, la conquista del espacio, todo de pronto pasó a no significar para ella nada más que una interrupción o un aplazamiento de los hechos diarios, regulares y coherentes, que ya no lograba recordar bien.

La gente que quizás más le interesaba, Willard Baker, la señora Barrington, el profesor Mannheim, Minnie Clyde Hawke, pocas veces o nunca aparecían por su casa. Y los que sí la visitaban dedicaban mucho tiempo de sus conversaciones precisamente a esas mismas personas. Y si bien Cliff ocupaba una buena parte de sus conversaciones con Boyd, otras personas ausentes (o fallecidas) eran el tema del resto de sus charlas.

—¡De alguien hay que hablar! —exclamó Alma un día ante Faye Laird en un repentino arrebato de alegre autoescarnio.

Difícilmente podía negar que a su alrededor ocurrían todo tipo de cosas. La vida no se detenía. Ni siquiera en Rainbow, como nunca se cansaba de decir. Y los ecos de los escándalos de otros tiempos se resistían a desaparecer.

Casi de la misma manera en que la señora Van Tassel había sido evasiva con Alma acerca de la señora Hawke y del profesor Mann-heim, y Faye lo había sido acerca de las visitas de Clara Himbaugh a su madre, todo el mundo en la ciudad era evasivo en lo que se refería a Cliff.

A medida que se sumergía en el ocaso de su vida, Alma era cada vez más consciente y veía más claro que todos ellos sabían mucho más sobre Cliff, por no decir que sabían más sobre las cosas en ge-neral, sobre la vida, de lo que ella llegaría a conocer nunca. Ella, que se había preocupado por él más que nadie; ella, para quien Cliff no sólo lo había significado todo en un momento concreto, sino qui-zás todo lo que alguna vez había merecido la pena en su vida; ella era la única que aún esperaba sus cartas. Todos los demás habían asumido que Cliff había desaparecido de forma permanente. Sin embargo, todas estas personas que ya no le esperaban sabían más de él que ella. Tenía la impresión de que también Boyd, aunque al igual que los demás sería el primero en negarlo.

Alma empezaba a verse asediada por un nuevo temor. Los días de Cliff estaban tan lejanos que el profesor Mannheim en su débil estado quizás no recordara exactamente quién fue. Desde luego que se acordaría de él, después de todo habían sido vecinos, y Cliff no era sólo un alumno más, pero ¿se acordaría el profesor de las cosas importantes, de aquellas que Alma tanto quería saber? Por supuesto, decir cuáles eran para ella esas cosas importantes le re-sultaría tan difícil como rellenar las páginas en blanco del libro de notas con los datos biográficos de Cliff. Y además, el profesor Mannheim, al igual que Boyd, no era más que un hombre y nunca podría contarle a ella, o más bien nunca podría contarle a la señora Barrington, aquellas cosas concretas que Alma sentía que debía saber si quería escribir una memoria.

La biografía de Cliff, si es que la tenía, estaría llena probablemente del tipo de datos que un hombre no contaría a una mujer. Aun su-poniendo que el profesor los conociera, puede que no supiera dis-tinguir ni reconocer los más importantes, los que significaban algo en la vida de Cliff, y se contentaría quizás con relatar anécdotas que podrían haberle ocurrido a cualquiera.

Mientras Alma se encontraba sumida en estas reflexiones, Boyd entró en la habitación delantera llevando un recipiente con medio litro de sorbete casero que le había regalado Emma Hotchkiss, la principal proveedora de comida para la gente bien de Rainbow, una mujer que, en sus días más jóvenes, había intentado echarle el lazo a Boyd. Alma tuvo que admitir a regañadientes, puesto que nunca aprobó los cuatro matrimonios de Emma, que sus dulces y helados eran excelentes.

Al recibir el recipiente de manos de Boyd, le preguntó, con manifiesta amabilidad:

—¿Cómo está nuestra querida Emma?

—¿A qué viene esa repentina preocupación por Emma? —Boyd no pudo evitar un ligero tono crítico en su voz.

Alma controló su naciente irritación. Sabía de cierto que debía hablar con Boyd otra vez y en profundidad sobre la visita que se proponía hacer a la señora Barrington, y sobre la visita que la señora Barrington planeaba hacer al profesor Mannheim, y discutir por causa de Emma Hotchkiss no le convenía.

—Admiro la habilidad de Emma como cocinera, y nunca me ha parecido mal que esté tan bien considerada en Rainbow —gritó Alma desde la cocina, mientras servía el helado de melocotón. Se lamió los dedos aprovechando que nadie la veía y de nuevo se sorprendió de lo bien hecho que estaba el sorbete. Era difícil no admitir su perfección.

—Está absolutamente delicioso —dijo con voz neutra, llevando una porción para Boyd, que se fijó en que había sacado los mejores platos de porcelana y una servilleta de tela y no de papel, además de una cuchara de plata.

—Me alegro de que haya algo que te complazca —masculló.

—¿Tienes suficiente con lo que te he servido? —le dijo, esta vez con una voz más seca, puesto que no quería alarmarle con un tono demasiado amable ni edulcorado antes de empezar a hablar en serio con él.

Boyd sacudió la cabeza con cierto pesar, quizás adivinando que había algún tema desagradable que Alma quería sacar.

Pero Alma no mostraba mal humor, no parecía inclinada al enfado en este caso.

—La buena de Emma no ha perdido su toque —calibró, y empezó a comerse su ración de sorbete de melocotón.

Boyd asintió en silencio, centrando su atención en el manjar. Luego, mirando a Alma con atención, le dijo con la entonación instructiva reservada a sus clientes:

—Su madre sí que era una gran cocinera. Cuando iba a visitar a la familia, siempre me invitaban a un bocado de alguna cosa. Deberías haber probado sus panecillos Parker House.

—Los recuerdo —contestó Alma, demasiado bajo para atravesar la sordera.

—El pan que hacía ganaba un premio tras otro en las ferias de todo el condado. Hasta uno nacional en Chicago.

Alma había dejado de escucharle. Estaba dándole vueltas al discurso que había preparado a medias para la señora Barrington, y quería que dentro de un minuto Boyd le escuchara contar lo que había planeado decirle a la vieja monarca. Aunque su sordera no le permitiera enterarse de todo, recitar en voz alta el discurso que tenía preparado le ayudaría a reunir el coraje para ir a ver a la señora Barrington.

Boyd había terminado su sorbete, así que fue a retirarle el plato y descubrió una mancha en su camisa impoluta; se la frotó con un pañuelo y se llevó el plato.

—¿A qué se debe este tratamiento de alfombra roja? —le preguntó mientras ella se dirigía a la cocina.

Alma sonrió, pero no contestó de inmediato.

Boyd no tardó en enfrascarse en el periódico.

Cuando regresó al salón, Alma se meció durante unos minutos, preguntándose cómo preparar a Boyd para que escuchara su discurso. Sabía que ni sus alabanzas al sorbete de Emma ni las implícitamente dirigidas a la propia Emma bastaban. Ni aunque se mostrara abiertamente amable con él durante todo un año, ni durante muchos, sería suficiente para lo que le tenía que decir.

—¿Crees que la señora Barrington querrá de verdad ver al profesor por mí? —se oyó decir alto y claro, aunque la voz le tembló un poco en un registro tan agudo.

—¿Por qué no iba a ir a querer? —dijo Boyd, bajando el periódico un momento—. Seguro que se alegrará, ya que me lo preguntas. —Retomó el periódico sin esperar a que Alma contestara.

—Quizás si tú le sacaras el tema de la biografía de Cliff que estoy escribiendo... —hizo la sugerencia con su voz más débil.

—¿Que yo le pregunte? —Boyd levantó desafiante la vista del periódico.

—Me he fijado en que te gusta charlar con la señora Barrington cuando pasas delante de su casa —dijo ella.

—Es la primera noticia que tengo —dijo Boyd con su tono más serio y sereno.

—Muy bien. Ahora me dirás que ni siquiera la conoces —gritó Alma—. Después de todo, fuiste tú quien tuvo la idea de una tercera persona.

Boyd reflexionó sobre esto.

—He visto desde el principio que estabas decidida a escribir una biografía o memoria, o el nombre que le quieras dar, sobre Cliff. Y la señora Barrington es, sin duda, alguien que puede facilitarte una idea o dos, aparte de que le saque algo al viejo Mannheim. Al fin y al cabo, en su juventud, aunque eso fue hace una burrada de años, escribió historias para revistas.

—Yo no estoy buscando ninguna historia —el ánimo de Alma se inflamó por un momento. Luego añadió, arrepentida—: Pero había olvidado que fue escritora. Gracias por recordármelo.

—Y tiene un título universitario —Boyd aprovechó la ocasión—.

Tú tienes mucho más en común con ella que yo. Ve a verla, por todos los santos. Y hay otra cosa. No le da miedo nada ni nadie. Seguro que sería capaz de interrogar a Mannheim si se lo pidieras.

—Supongo que tienes razón —reflexionó Alma, y la idea no le pareció tan desagradable.

—Pero no esperes demasiado —añadió Boyd mientras se ponía en pie.

—Cielo santo, ¿y qué quieres decir con eso? —masculló con una suerte de tolerancia condescendiente, pero no pudo evitar la nota de alarma.

—Justo lo que digo. No pienses que una anciana de noventa años ni un profesor que está a punto de retirarse te vayan a contar lo suficiente sobre un jovencito de dieciocho o diecinueve años como para que llenes un libro.

—Ya tengo lo suficiente como para llenar un libro, si quiero —le devolvió el ataque, y también se levantó—. Pero quiero conocer... Bueno, datos precisos sobre él. Lo que otra gente vio y conoció. Sus resultados académicos y demás. Nosotros dos ya sabemos todo lo fundamental —quiso incluir a su hermano en la conclusión.

Sin embargo, la mirada de desacuerdo en la cara de Boyd la detuvo.

—Nosotros conocemos a Cliff, con eso basta —añadió con voz inaudible.

—Si me disculpas —dijo Boyd, abandonando la habitación.

Alma había olvidado recitarle a modo de ensayo el discurso para la señora Barrington.

Esa noche Alma permaneció en su cama sin poder dormir a causa de la preocupación. Sin embargo, como ocurre frecuentemente con los insomnes, dormitaba y soñaba de vez en cuando. Oyó a Boyd levantarse a su hora habitual (sentía sed a las tres de la mañana, sin falta), sacar un vaso, enjuagarlo, llenarlo de agua y tomarse un trago largo y ruidoso. Por último, sonó la cisterna y Alma volvió a su vigilia.

Entre las brumas del sueño ligero, Alma se entrevistaba con la señora Barrington como había imaginado tantas veces y se producía una acalorada discusión entre las dos, y aunque la señora Barrington en estas circunstancias probablemente habría perdido, Alma no pudo evitar ponerse roja de ira incluso en la intimidad de su cama.

La fama que la señora Barrington tenía en Rainbow se basaba no sólo en su mansión y en su riqueza sino en su desgracia: durante la juventud perdió el pie izquierdo en un accidente tan espantoso que nadie había querido repetir los detalles exactos, y desde entonces llevaba prótesis. Con el accidente, según se decía, la señora Barrington había pasado de ser una recién casada malcriada a convertirse en una mujer enérgica y llena de recursos con peso y responsabilidad en la comunidad.

Además de su propiedad y su pie artificial, la señora Barrington disfrutaba todos los veranos de una fama añadida: la planta de trompeta trepadora que crecía en el extremo norte de su finca de dos acres. Una vez florecida, la planta se convertía año tras año en el tema inevitable de conversación. Acudían a verla visitantes de los condados del otro lado del estado. La trepadora en sí misma cubría una extensión equivalente a media manzana. Durante el período de floración, solía verse a la señora Barrington en el exterior, cojeando y atareada, con la ayuda de un equipo de universitarios, dirigiendo, como era su costumbre, todo el trabajo del jardín de su propiedad, y saludando de vez en cuando a alguno de los «turistas» más entendidos.

Por supuesto que la planta era hermosa, Alma era la primera en reconocerlo. Pero la señora Barrington le daba demasiada importancia. Su jardín, su trepadora, Alma se quejaba a menudo de esta actitud a Boyd y a Faye Laird, su eterna supervisión de la ciudad y del condado, o del estado incluso. La señora Barrington nunca se molestaba en mirar las flores ni los jardines de los demás. Oh, no, estaba demasiado ocupada con el suyo.

El señor Barrington (aunque ahora parecía improbable que tal persona hubiera existido) llevaba muerto más de un cuarto de siglo, pero aquellos que, como Alma, conocieron ese tiempo, recordaban que él desempeñó un papel tan intrascendente en la vida de la señora Barrington, sin que apenas se lo viera con ella en público (incluso comían por separado), que su muerte no supuso más que la mera confirmación de la vieja sospecha de que nunca había llegado a existir en realidad.

Su fallecimiento, por supuesto, no supuso cambio alguno en la vida de la vieja monarca. El día después del funeral, que fue caro y ostentoso y tan breve como permitían las costumbres locales, volvió a sus tareas habituales, ordenando al jardinero que trasplantara un arbusto y quitara un antiguo jardín de rocas que ya no se adaptaba a sus gustos, mientras que otros trabajadores se ocupaban de traer césped nuevo para el lado oeste del jardín desde su vivero preferido, situado a unas veinte millas.

Sin embargo, incluso estando ocupada, la señora Barrington se fijaba de vez en cuando en Alma. Consideraba, estaba claro, que si bien Alma no era exactamente su igual (¿y quién podría?), era una figura pública, aunque no pasara de maestra de primaria, y hasta cierto punto una competidora. En otras palabras, Alma no podía ser ignorada.

Y es que la señora Barrington prácticamente se negaba a reconocer a sus vecinos. En Faye Laird encontraba la idea misma de una profesora universitaria que le incomodaba, a la señora Laird ya la contaba entre los difuntos; respecto a Clara Himbaugh, fingía recordar apenas quién era. Nunca había tenido que reconocer socialmente al profesor Mannheim, a pesar de haber sido presidenta del consejo de administración de la universidad. Hablaba con la señora Van Tassel sólo cuando parecía inevitable. A Minnie Clyde Hawke no la había tratado en público desde que ésta había dejado su casa y se había trasladado a vivir como inquilina de la señora Van Tassel.

Aunque resultara sorprendente, se veía a menudo a la señora B. charlando, aunque fuera de paso, con Willard Baker. Le hacía reír, decía, pero no había que olvidar que Willard procedía de una familia distinguida.

En sus charlas imaginarias, Alma veía caer la máscara de buena educación y civismo de la señora B., quien reconocía sin tapujos lo que Alma siempre supo que pensaba: que sus «cosas», la trompeta trepadora, la mansión y la extensa propiedad no eran sólo las mejores del estado, sino sin duda alguna las mejores de cualquier parte.

—No creo que sea posible encontrar una planta más bonita en ningún sitio —oía decir Alma a la señora Barrington con su dañada voz de contralto—. Desde luego, no hay nada parecido por aquí cerca. Por su exuberancia, desarrollo, belleza y tamaño, no hay nada que se le pueda comparar, querida. —Y la señora Barrington se estiraba para alcanzar uno de los tallos más altos de flores.

—Señora Barrington, querida —Alma podía oír su propia voz—, usted y yo hemos sido vecinas unos cuantos años.

—Cincuenta y tantos —la respuesta de la señora Barrington procedía de detrás de una rama repleta de flores.

Alma sonrió, tanto en la conversación imaginada como bajo las sábanas de su cama.

—Sin embargo, durante estos cincuenta y tantos años —dijo Alma—, nunca he escuchado que iniciara o acabara una conversación en la que no hablara de sus propias cosas ni les diera mayor valor que a las de los demás.

Había utilizado a propósito una frase poco concreta y la señora Barrington se centró en esa falta de concreción.

—¿Mis propias cosas, Alma?

—Sus posesiones, sus tierras, su esto y su lo otro. Su predominio aquí, digamos.

Alma sentía aumentar su propia ira.

—Puede ser, querida, que mis cosas, como usted las llama, sean todo lo que recuerde de nuestras conversaciones —dijo la señora

Barrington, aunque no de manera tan cortante como podría haberlo hecho, y, sin embargo, Alma se sorprendió por la disposición a la batalla de la vieja monarca, su tranquila y persistente invencibilidad.

—Bien podría ser —admitió Alma—, pero no, no creo que se trate de eso. Sólo recuerdo sus cosas simplemente porque es lo único de lo que habla. No tiene ningún otro tema de conversación.

—Pero suponiendo que eso sea verdad, querida Alma, que carezco de cualquier otro tema que no sea ése, ¿es un crimen tan grave en una mujer mayor?

—Yo diría que es un serio problema, señora Barrington, edad aparte.

—Ya veo —la señora Barrington consideró el punto de vista de Alma—. Parece que no estamos de acuerdo —logró decir tras una pausa incómoda, y su mano soltó el tallo de la planta trepadora que había estado sujetando durante el ataque de Alma.

Entonces, de forma imprevisible, como podría haber ocurrido en la vida real, esta conversación saltó más allá de lo que su protagonista podría haber esperado.

—Y Cliff, supongo, es una de sus propias cosas, como usted dice —el rostro frío de la señora Barrington apareció desde detrás de la planta.

—Cómo se atreve a mencionarlo en este momento —la voz de Alma era más baja que la que utilizaba para hablar con Boyd, pero lo bastante clara para la señora B.

—Bien, querida. Usted empezó la discusión, permítame continuarla. Cliff suponía tanto para usted, siendo una de sus posesiones, como para mí lo son mi patio o mi jardín, mi casa o mi enredadera, y mientras que yo me he permitido el lujo de hablar de muchas de mis cosas, me temo que usted se ha limitado a un solo tema. Y ahora, querida, tengo mil cosas que hacer. Que tenga un buen día.

La señora Barrington se giró con brusquedad y empezó a bajar por un caminito lateral que conducía desde la exuberante trompeta trepadora a la caseta de aperos de la parte trasera de la finca.

—¡Señora Barrington! —la llamó Alma.

La señora Barrington se detuvo en el camino del jardín.

—Verdaderamente, creo que le debo una disculpa —Alma caminó hasta ella—. Hemos sido amigas demasiado tiempo para hablarnos así. Demasiado tiempo.

—Me temo que está usted demasiado acostumbrada a decirle a Boyd todo lo que se le pasa por la cabeza como para recordar que otras personas pueden no estar demasiado acostumbradas a su falta de tacto —la señora Barrington lanzó a Alma una sonrisa gélida pero no del todo desagradable—. La franqueza es una cosa en nuestra casa y otra muy distinta en casa ajena.

—Estoy de acuerdo —Alma pudo oír su propia y débil disculpa.

—Me temo, querida mía, que no basta con que esté de acuerdo. Ha dicho usted cosas muy crueles, ¿sabe? Ha hecho daño a la gente una y otra vez. Y sigue haciéndolo.

—¡No debería haber mencionado a Cliff! —Alma volvió a saltar con el mismo tema.

Al oír esta frase, la señora Barrington se detuvo. Colocó los largos pliegues de su falda sobre su prótesis. Sus dientes chasquearon un poco en el aire de la mañana.

—Era usted quien quería mencionarlo, Alma, y en realidad debería hablar de él más a menudo. Yo no sé si está muerto o no, claro está, pero nunca he sido de esas personas que tienen la mente cerrada, aunque sé que usted me clasifica en ese grupo.

—Yo nunca he dicho eso —protestó Alma, lanzando una advertencia.

—No hacía falta, se nota en su mirada. Su mirada lo dice todo.

—No puedo admitir que Cliff esté al mismo nivel que una trompeta trepadora.

—No es necesario —le dijo la señora Barrington—. Pero mucha gente considera más raro que usted siga pensando en un sobrino desaparecido que que yo dedique todo el tiempo a mi jardín. De nosotras dos, mujeres mayores poco corrientes, es a usted a quien consideran más rara —aseguró la señora Barrington—. Al menos yo soy consciente de lo que estoy haciendo.

—Bueno, tampoco usted se ha callado nada, señora Barrington —dijo Alma en un susurro.

—De todas formas, no veo cómo podría callarme si usted casi me lo saca a golpes —se rió la señora Barrington—, pero creo que deberíamos ser amigas. No veo razón para pelearnos.

Alma no dijo nada.

—Y, ya que estamos, no creo que usted tenga nada de raro, ni tampoco que haya ninguna certeza de que Cliff esté muerto —continuó la señora Barrington—. Siempre he tenido la sensación de que estaba vivo.

—Gracias —dijo Alma.

El silencio que siguió por parte de la señora Barrington subrayó la ironía del «gracias» de Alma, y el tema Cliff quedó a un lado.

—Venga a tomar una tacita de algo conmigo —la señora Barrington mostró a Alma el camino hacia su casa y no le dejó otra opción que seguirla. Y en ese punto, la entrevista imaginaria de Alma llegó a su fin.

Capítulo 7
Los que ven y los que escuchan

Dos días después, mientras Alma seguía concentrada en reunir el coraje para hacer una visita de verdad a la señora Barrington, escuchó voces familiares procedentes del jardín de la vieja monarca y se apresuró a mirar por la ventana de la biblioteca, que daba hacia el sur.

Le sorprendió y disgustó ver a Boyd, sombrero en mano, subiendo por el camino delantero de la casa de la señora Barrington, y a ella abriéndole la puerta. Notó que su hermano entraba con mansedumbre pero voluntariamente. De lo que no estaba tan segura era de si Boyd habría ido allí a propósito o si la señora B. le habría llamado al pasar para que entrara, como a veces hacía.

—¡Va a fastidiarlo todo! —se oyó decir en voz alta en el silencio de la biblioteca, y al girarse sus ojos cayeron sobre el libro de notas. Enfadada y confusa, lo agarró y lo soltó en un arranque de furia y cariñoso cuidado que trajo a su mente el gesto temible del reverendo Lindsay cuando cerraba las Escrituras en la Primera Iglesia Presbiteriana.

Salió de la biblioteca y empezó a recorrer el salón arriba y abajo, una y otra vez.

De repente se le ocurrió que podía invitar a comer a Faye Laird. Tenía que ver a alguien, tenía que hablar con alguien, aunque fuera indirectamente, sobre la visita de Boyd a la señora B. en relación con el profesor Mannheim, y sobre el problema que suponía para ella la decisión de escribir las memorias.

La voz nasal y cansada de Faye contestó al teléfono.

—No me digas que no puedes, mujer —Alma se adelantó a una negativa—. Tengo que hablar con alguien.

—Lo cierto es —Faye adoptaba un tono profesoral cuando hablaba por teléfono— que Clara Himbaugh está aquí con Madre, y yo podría pasarme a verte.

—Entonces hazlo, te lo ruego —apremió Alma apremiante, y colgó el teléfono.

Cuando Faye llegó a la cocina por la puerta trasera, Alma le dio un beso:

—Pensé que nunca llegarías.

Casi sin aliento, Faye se sentó en la cómoda hamaca que Alma había traído especialmente para ella desde el cenador.

—Bébete esto para recuperar energías —Alma le tendió un vaso de zumo de frutas.

—Zumo no, si no te importa —dijo Faye—. Hoy he bebido tanta naranjada que tengo acidez de estómago.

—Entonces, un poco de café.

Faye asintió.

—Bueno, te puedes quedar tranquila, tu madre está segura con Clara —empezó Alma. Subió el fuego del hornillo en el que estaba la cafetera.

—Están viendo el circo en la tele —explicó Faye.

—Bien —dijo Alma, y sirvió el café en una taza azul que le dio a Faye—. Entretanto, yo me he metido en un lío terrible. —Alma se sentó con su propia taza. Removió el café con vigor, aunque no le había puesto azúcar ni leche.

Faye se sentía aliviada porque Alma había dejado en paz el tema de Clara Himbaugh y su madre. Se incorporó un poco e incluso encontró predisposición para escuchar con interés.

—Como sabes, me quedé atascada con las memorias de Cliff

—Alma consiguió el mismo tono directo que utilizó años atrás para defender su tesina en la Escuela de Magisterio—. Así que decidí, como te dije, ver al profesor Mannheim. Justo cuando estaba a punto de ir, Boyd metió la pata.

Faye dejó caer la taza sobre el plato, quizás porque le resultaba increíble que Boyd Mason metiera la pata.

—Boyd cree que es la señora Barrington quien debería ir a ver al profesor Mannheim, si es que alguien tiene que verle, y conseguir información sobre Cliff y sobre sus logros académicos.

Los rasgos de Faye se mantuvieran sin expresión a excepción de su boca, que se entreabrió notablemente.

—Ya veo que no compartes la opinión de Boyd —comentó Alma, sin alivio ni satisfacción.

—Todo este asunto me confunde un poco, Alma —contestó Faye, encendiendo un cigarrillo.

—¿A qué «asunto» te refieres? —preguntó Alma, incapaz de evitar una mirada crítica al cigarro.

—Pues a tu memoria de Cliff —Faye se quitó una pizca de tabaco de la lengua.

—Pero ¿por qué demonios eso tendría que confundir a nadie? —preguntó Alma con frialdad condescendiente.

—Bueno, el propósito lo entiendo perfectamente —Faye se repuso con fuerza—. Pero la elección del contenido… Quiero decir ¿qué tienes intención de escribir?

Alma enrojeció, se levantó, cogió la cafetera de la cocina de gas y sirvió dos tazas más, aunque Faye apenas había tocado la suya.

—Mi decisión no es fácil, desde luego. Sobre todo ahora que la vieja monarca está metida en esto.

—¿Y eso cómo lo sabes? —preguntó Faye.

—Boyd está allí en este preciso instante, en casa de la señora Barrington, y se irá de la lengua. Siempre se lo cuenta todo. Les gusta cotillear como dos idiotas. Y, claro está, ella irá con el cuento al profesor Mannheim.

—¡Cómo! ¡Si son enemigos! —dijo Faye.

—¿Desde cuándo? —se burló Alma.

—Desde siempre. Fue la señora Barrington, ya sabes, quien casi hizo que despidieran al profesor Mannheim cuando ella presidía el consejo de administración. Él había escrito todos aquellos artículos sobre Marx y luego, cuando le acusaron de comportamiento inmoral, aunque nadie pudo probarlo, ella dijo que debían expulsarlo.

—Pero eso fue hace siglos, querida.

—Para nosotros quizás —objetó Faye—. Pero dudo que el profesor Mannheim lo haya olvidado y que no se despierte por las noches preocupado por la señora B.

—Pues mira, según Boyd —Alma revisó una última vez el valor de las palabras de su hermano—, según él, yo nunca podría ir a ver al profesor Mannheim por su mala disposición hacia mí. Y ahora tú me dices que su resentimiento hacia la señora B. es mayor.

—Yo no creo que el profesor Mannheim tenga sentimientos positivos hacia ninguno de nosotros —dijo Faye con algo de apasionamiento—. Y no puedo culparle.

—Ay, Faye, ¿qué quieres decir con eso?

—Lo que quiero decir es que nadie en Rainbow le ha tratado como merece, como un académico merece. Desde luego, la universidad nunca ha tenido la decencia de ascenderle, a pesar de sus logros.

—Yo nunca había pensado que le hubiera tratado mal hasta que Boyd me dijo el otro día que él cree que nunca le pagué adecuadamente su casa y su parcela.

—Todos le hemos menospreciado —dijo Faye.

Alma sorbió su café.

—Bueno, como siempre, he hecho lo que no debía —comentó Alma pasado un momento.

—No te culpes —dijo Faye, fumando con avidez, tras poner su taza sobre la mesa—. No tiene sentido sentirse culpable todo el tiempo por lo que hemos hecho de nosotros.

Alma levantó la vista indignada.

—Yo no me siento culpable de nada, me temo.

—Por supuesto que no. Y si Boyd le ha dicho a la señora Barrington que quieres que vaya a hablar con el profesor Mannheim, déjala que vaya. De un modo u otro lo hará. Y no vas a decirle ahora que has cambiado de opinión, ¿verdad? Se lo tomaría como que tienes miedo de importunarla o, en el peor de los casos, como un acto de mala educación por tu parte. No, la señora B. irá a ver al profesor, y basta.

—¿Y qué ocurrirá según tú, Faye?

—Bueno, será desagradable para él. Y ella disfrutará haciéndolo.

—Y yo no averiguaré nada, supongo.

—No. Averiguarás lo suficiente. Al fin y al cabo, el profesor Mannheim apreciaba mucho a Cliff.

Alma pensó cuánto sabría Faye, luego añadió:

—Pues claro, eran vecinos.

—Claro. Y yo no creo que el profesor te guarde rencor por la compra de su propiedad. Y, después de todo, tú eres la tía de Cliff. Podrías ir a verle tú misma cuando todo esto pase.

—¿Qué es lo que tiene que pasar?

—Pues la visita de la señora Barrington y el posible lío a que dé lugar.

—Bébete tu café, querida, está recién hecho.

Faye levantó su taza y la miró, luego sorbió un poco.

—No sé por qué dejé que Boyd me convenciera de que era ella quien tenía que visitar al profesor en mi lugar. Me doy cuenta de que he metido la pata.

—No te culpes —insistió Faye con una dulzura serena y extraña—. Lo que tenga que pasar, pasará.

Alma estudió la intensidad insípida de la expresión de Faye.

—Por Dios, Faye, ¡no te irás a hacer de la Iglesia de la Ciencia! —Alma no pudo contener su arranque.

Faye miró hacia otra parte. Le temblaba la mano tan violentamente que la taza y el plato se le hubieran caído de las manos si Alma no los hubiera cogido.

—Pobre niña —Alma le acarició el pelo y apoyó la cabeza de Faye contra su cuerpo, abrazándola.

—No parece haber nada más, Alma. —La voz de Faye, medio ahogada por las lágrimas, resonó en el espacio vacío que formaba el pecho de Alma.

—No pasa nada, cariño —Alma le hablaba ahora en un murmullo—. No va a pasar nada. No te culpo por nada que hagas. Perdóname si te he dado esa impresión. Estás agotada y necesitas descansar.

Alarmada más por el repentino colapso emocional de Faye que por su inminente conversión a la Iglesia de la Ciencia, Alma acompañó a su amiga a casa. Brazo sobre brazo, entraron juntas por la puerta.

En la salita de entrada, Faye escuchó con atención y con un gesto de la mano advirtió a Alma que no elevara la voz.

En la biblioteca que había a continuación de la entrada se oía la televisión a un volumen ensordecedor, puntualizado por repentinos oasis de absoluto silencio.

—Parece que mi madre está sola —susurró Faye.

Alma no dijo nada.

—Acompáñame —le rogó Faye

La señora Laird estaba sola cuando las dos mujeres entraron en la biblioteca. Tenía puesto una especie de gorro de estar por casa que algunas mujeres de Rainbow usaban hacía una o dos generaciones, y que últimamente le había dado por volver a ponerse. En la pantalla del televisor, una mujer con enormes gafas estaba dando una charla sobre «Gentes del Mundo, un Simposio para Amas de Casa».

La señora Laird levantó la cabeza con esfuerzo, despertándose de su duermevela.

—¿A quién tienes ahí? —preguntó, sin cubrirse la boca mientras bostezaba, su voz confusa y sin expresión, como la de la mujer de la pantalla.

—Madre, seguro que te acuerdas de Alma —Faye reprendió a la anciana—. Es nuestra vecina hace treinta años—. Mientras hablaba, Faye bajó el volumen del aparato.

—Si ésa es Alma, yo soy un astronauta —protestó la señora Laird—. ¿Por qué me engañas si sabes que siempre descubro tus mentiras? Nunca ha sido una hija sincera —la señora Laird se volvió hacia Alma—. Siempre haciendo las cosas por detrás. Si no la hubiera estado vigilando día y noche durante años, nos habría traído la desgracia a todos. No tiene control sobre sus instintos.

—Madre, ¿se ha ido ya a casa Clara Himbaugh?

—Eso espero —protestó la señora Laird—. La única razón por la que viene aquí es para comer gratis. Se comió todos los caramelos y galletitas que hicieron para mí las chicas scout. Se ventiló mi precioso regalo del Día de los Caídos, lleno de golosinas —la señora Laird señaló vagamente hacia una caja de colores alegres que había sobre una mesita auxiliar—. Después de devorar todo lo que tengo en casa, se va a mi tocador de aquí abajo, que instalaron especialmente para mí porque estaba enferma, y lo desordena todo; lanza al suelo mis preciosas toallas bordadas a mano, y es tan tremendamente vaga que ni tira de la cadena. Por supuesto, no está a nuestra altura, hay que disculparle cosas como ésa. Su madre nunca estuvo casada, ya sabéis.

—Pero, Madre —le regañó Faye, riendo de forma automática.

—Y si ésa es Alma Mason yo soy mi abuela Ida. Por qué demonios pretendes mentirme, Faye, cuando sabes que no te saldrás con la tuya. Es algo que no puedo entender.

La señora Laird se ajustó las gafas de leer y miró atentamente a la pantalla del televisor.

—¿Quién es esa mujer de aspecto tan horroroso que habla ahora? —La señora Laird se esforzó para ver mejor—. No debería estar permitido que apareciera en público alguien con una cara tan fea. ¿Os habéis fijado que cuanto más feos son, más orgullosos e importantes se muestran? Parece una negrata, con esa boca y ese pelo. —Faye apagó el aparato—. Te olvidas que yo conocí muy bien a Alma Mason, y también a su madre —continuó la señora Laird—. Su madre fue una gran mujer, Alma nunca hacía nada bien, pero mangoneaba a todo el mundo, diciéndoles cómo tenían que hacer las cosas. Era su única meta. Se dedicaba a mangonear de la mañana a la noche. Espero que esté satisfecha del desastre que hizo con su vida, y con la de su hermano también. Luego tenía a un sobrino jovencito que vivía en su casa, pero hizo bien en irse y morir en la guerra, si te digo la verdad…

—Pero Madre, querida —Faye emitió una especie de silbido al hablar—, hablas como si Alma no estuviera justo aquí con nosotras en la habitación.

Alma pensó que Faye hablaba con más calma y compostura de lo que correspondía, considerando el tono y la naturaleza de los comentarios de la señora Laird, pero luego se dio cuenta que Faye debía estar acostumbrada a estos «ataques» que sufría la anciana.

—¿Cómo iba a estar Alma Mason en esta habitación cuando todo el mundo sabe que está en la cárcel? —rió la señora Laird, sacudiendo la cabeza.

Viendo la cara de sufrimiento de su hija, la madre añadió con impaciencia pedagógica y condescendiente:

—Alma era a todos los efectos y propósitos la esposa de su hermano, creo que ya eres lo bastante mayor para saber una cosa así, y finalmente tuvieron que encerrarla… Pero supongo que lo habrás olvidado, fue hace siglos.

—Volvamos a la sala, por todos los santos —exclamó Faye, tomando firmemente la mano de Alma—. Vuelve a tu televisión, Madre, sé buena chica —y esperó hasta que su madre la encendiera.

Alma volvió la cabeza y contempló a la señora Laird con expresión indeterminada.

—Venga, venga —le rogó Faye—. No tomes en serio una palabra de lo que dice. Se inventa cosas.

Alma, sin embargo, no recuperó la compostura tan pronto como Faye, si es que en algún momento la había perdido.

—Te ruego que intentes recordar el estado mental de mi madre —dijo Faye—, y piensa lo mortificada que se sentiría si supiera lo que está diciendo. Y si crees que lo que ha dicho sobre ti es malo, Alma, ¡cielo santo!, deberías oír las cosas de las que me ha acusado. Comparada conmigo, la puta de Babilonia sería una santa de escayola.

—Nunca la había visto tan mal —logró comentar Alma—. Eres tú, sin embargo, quien me preocupa. —Cogió las manos de Faye entre las suyas.

En ese momento se oyeron disparos procedentes del televisor, un caballo relinchó, voces de hombres maduros gritaron, y el cristal de una ventana, perforado por las balas, cayó al barro en una ciudad del lejano Oeste.

—¡Mata a todos esos inútiles sinvergüenzas! —La voz de la señora Laird se escuchó por encima del ruido del aparato—. Dispara a matar o te arrepentirás.

Las manos de Faye temblaron, se soltó de Alma y encendió un cigarrillo.

—El mundo sería mejor, creedme, si mataran a más de esos sinvergüenzas inútiles que dirigen el mundo hoy en día. Y podéis decir que lo he dicho yo, chicas. Nunca me amedrenté ante una pelea. —La voz de la señora Laird subió y subió de volumen ahogando todos los sonidos, excepto el de los disparos—. Hay demasiados sinvergüenzas sueltos hoy en día y hay que acabar con ellos, eso es lo que hay que hacer. Se han metido justo donde nadie esperaría encontrarlos, en nuestras escuelas, iglesias y refugios, los sinvergüenzas están por todas partes, y sólo hay una forma de sacarlos: tirar a matar.

Se oyeron más disparos procedentes del televisor mientras los federales marchaban sobre la ciudad fronteriza para rescatar a las víctimas de los forajidos.

—¡Disparad a matar! —la voz de la señora Laird había conseguido dominar también los disparos.

Al apagarse el ruido de las balas, oyeron a la anciana sollozar:

—Faye, ven aquí y mira. Están izando la bandera americana, las barras y estrellas. ¿No se te acelera el corazón al ver nuestra bandera, Faye? Ven aquí, cariño, y saluda a la bandera conmigo, y aparta tu mente de las porquerías que lees en esos libros y en los periódicos. ¿Me estás oyendo, Faye? Ven aquí con tu madre y saluda a la bandera.

Un momento después, la oyeron cantar una marcha de Sosa que estaban tocando.

—Ya ves a lo que me enfrento —rió Faye, y ofreció a Alma un cigarrillo de su paquete recién abierto, olvidando por enésima vez que Alma no fumaba.

Capítulo 8
La señora B. y Boyd

—Boyd Mason, hace tanto tiempo que quiero verte que no me atrevo ni a calcular cuánto. —Mientras avanzaba hacia el hermano de Alma, la señora Barrington señaló una planta de grandes dimensiones en una maceta enorme junto a la mosquitera de la puerta principal—. Cuidado con ese horrible cactus de ahí. Lo ponemos para alejar a los ladrones cuando estoy fuera y cuando vuelvo a nadie se le ocurre retirarlo, como puedes ver.

La entrada en la casa de Boyd y de la señora Barrington hizo huir a las habitaciones del fondo a dos doncellas y al hombre que ejercía de chófer y mayordomo.

La señora B. condujo a su visitante hasta un gran sillón cubierto de ruiseñores bordados. Recogió su sombrero de paja y lo colocó bajo una planta de flores blancas que se extendía sobre ellos desde su maceta colocada sobre una mesa de roble sin barnizar.

—Mira que llevamos más de cincuenta años viviendo en Península Road el uno frente al otro y nunca nos vemos —exclamó, sentándose en un sofá que le permitía acomodar su pie artificial con más soltura que en un sillón—. Eso es lo que nos ha traído esta mitad de siglo, muchos ires y venires y no estar nunca en ninguna parte.

Una de las doncellas desaparecidas entró trayendo una taza de chocolate caliente.

—Pensé que te gustaría un poco de esto —le dijo la señora B. a Boyd, señalando el chocolate. Él le dirigió una mirada de agradecimiento y la señora B. le devolvió su sonrisa patentada.

La doncella volvió a desaparecer.

—De vez en cuando, veo pasar a Alma a toda prisa, pero tengo que decir que nunca dirige la mirada hacia aquí. Supongo que piensa que estoy fuera todo el tiempo, así que para qué pararse a mirar, y bien sabe Dios que está en lo cierto. No sé por qué no soporto estar en casa.

—A los dos nos asombra —le aseguró Boyd, remetiéndose la servilleta en el chaleco.

—Os asombra mi vitalidad, supongo, pero no veo cómo a nadie pueden parecerle bien todos estos viajes que hago, porque tampoco a mí me lo parecen, pero bueno, son los tiempos que corren, Boyd, eso es todo. No solíamos vivir así. Bien es cierto que teníamos todo lo que necesitábamos allí donde estábamos, pero ahora ya no encontramos nada en ninguna parte y no paramos de corretear de un lado a otro como gallinas sin cabeza.

Boyd sonrió y asintió; la servilleta se le soltó y cayó sobre la silla; la recogió y la encajó con más ímpetu en el chaleco.

La mirada de la señora B. se centró en una hilacha que descansaba en la pernera del pantalón de Boyd, sin duda caída como consecuencia de su lucha con la servilleta de tela.

—Para serte sincera —dijo la señora B mientras miraba su taza—, últimamente he tenido a Alma mis pensamientos.

Boyd le dio las gracias con la cabeza y sorbió su chocolate.

—¿Sabes que la otra noche no pude dormir pensando en ella? La jubilación debe ser terrible para una mujer con su disposición.

Boyd ladeó la cabeza como considerándolo por primera vez.

—Sin duda deber ser algo terrible para ella —la señora Barrington eliminó cualquier duda en ese sentido.

—Alma es incansable —admitió Boyd—. Y con más energía y planes de los que pueda poner a buen uso.

La señora Barrington se rió, valorando el comentario con precaución.

—Bueno, yo podría haberle dicho que en una tienda de regalos no emplearía toda su energía —la señora Barrington parecía querer explicar su risa—. La jubilación será más dura para ella que para casi ninguna otra persona... y vuestro jardín, vuestro césped... no es la solución —la señora Barrington se lo pensó mejor antes de entrar a debatir sobre el jardín de Alma y Boyd—. En cualquier caso, a Alma nunca le preocuparon mucho los arbustos ni las flores, ¿no es cierto?

Boyd no hizo comentarios.

—Creo que la razón por la que no pude dormir pensando en ella —la señora Barrington comenzó a hablar de nuevo— es algo que había oído de un buen amigo vuestro, y no eran habladurías, te lo puedo asegurar, así que en ese aspecto puedes estar tranquilo.

Boyd parecía en blanco, no podía pensar en nada reciente que hubiera podido dar lugar a habladurías sobre él y Alma.

—Esta persona me contó que Alma estaba escribiéndole a Cliff una especie de conmemoración —la voz de la señora Barrington se situó en un punto entre la sorpresa y la incredulidad, entre la contrariedad y la preparación para lo peor.

—Sí, anda entretenida con algo de ese tipo —Boyd le quitó importancia al asunto con la calma de quien veía la conmemoración en su verdadera y escasa relevancia para las vidas de los implicados.

—Entonces, sí que está escribiendo algo sobre Cliff —dijo la señora B.

—Yo diría que todavía es sólo una idea.

—Pero me han contado que tiene un libro de notas y que se pasa el día sentada intentando escribir una biografía coherente de Cliff.

Boyd asintió con la cabeza.

—Pero vuestro sobrino no está muerto, Boyd —la señora B. intentó alcanzar a Boyd por encima de su impasibilidad, similar a la de un juez.

—Desaparecido es lo que el gobierno nos dijo.

—Entonces ¿por qué, en nombre de Dios y del sentido común —la señora Barrington se detuvo un momento hasta que su voz se serenó un poco—, por qué quiere escribir nada... hasta que no haya una prueba en un sentido u otro?

—Me temo que es culpa mía en parte por animarla a hacerlo...

—Boyd, no intentes cargarte con esa responsabilidad —la señora B. se rió—. Sé bien que no aceptaría ideas tuyas ni mías ni de nadie para hacer nada. Sólo hace lo que ella quiere. Supongo que es por eso por lo que la admiro. Pero escribir una memoria... ¡cielo santo!

—Cliff lo era todo para ella desde que murió nuestra madre —dijo Boyd.

La señora B. dio a entender mediante un cambio repentino de postura en el sofá que las razones de Alma no merecían su atención.

—Mi intención es ver a Alma, por supuesto —le cortó la señora B.—. Pero antes quería saber de tus labios lo que estaba ocurriendo. No me interesan las noticias de segunda mano por bien intencionadas que sean. Y desde luego que las intenciones de la señora Van Tassel son buenas, aunque me temo que poco más se puede decir sobre ella... Y además acostumbra a hablar entre dientes. Apenas se entiende lo que dice.

Boyd mostró cierta sorpresa al enterarse de que la informante de la señora B. había sido la señora Van Tassel. Había supuesto que la portadora de la noticia era Faye.

—Escribir en un libro toda la vida de un jovencito, por Dios —la señora B. sacudió la cabeza.

—Bueno, el asunto es más complicado de lo que sospechas —Boyd recordó su propia promesa de sacar el tema del profesor Mannheim.

—¡Boyd Mason! —dijo la señora B, preparándose para enterarse de más cosas en su severo papel de árbitro.

—Quiero decir, la propia Alma me ha rogado más o menos que te pida un favor.

—Sí.

—Mira, al contrario de lo que hayas podido oír, no ha escrito ni una sola línea sobre Cliff, que yo sepa. Ha descubierto que no hay nada que sepa con seguridad sobre él.

—¡Y para darse cuenta de eso necesitaba comprarse un cuaderno en el estanco!

La risa de la señora B. llenó la habitación.

—Pero está tan empeñada en escribir algo que casi se ha decidido a visitar al profesor Mannheim para pedirle ayuda…

—¿Al profesor Mannheim? —Los dientes de la señora Barrington sólo entrechocaban así cuando una noticia sorprendente la pillaba desprevenida.

—Recordarás que fue nuestro vecino.

—¿Y qué tiene eso que ver con Cliff?

—El profesor Mannheim tenía una relación estrecha con Cliff —y entonces Boyd se dio cuenta de que había dicho algo cuya verdad no había percibido hasta ese momento.

—Por favor, Boyd —le contradijo la señora B.—. No tenían una relación tan estrecha. Mannheim le daba clases, claro, eso no podíamos evitarlo… ¡Si hasta Willard Baker tenía más relación con Cliff que Mannheim!

Boyd la miró con calma.

—Todos los demás profesores de Cliff se han ido o se han muerto —señaló Boyd.

—Eso no me sorprende —la señora Barrington se inflamó—. La escuela universitaria no es capaz de conservar a ningún profesor que valga la pena y, como tú dices, o se van o se mueren.

—Alma no quería ir a ver al profesor Mannheim y fui yo quien le sugirió que tú podrías ir en su lugar. Me temo que os he puesto a las dos en una situación incómoda.

—Qué tontería —dijo la señora B., y se puso en pie. Al ver que

Boyd también se levantaba, le prohibió con un gesto que siguiera su ejemplo.

—Cuando necesito pensar tengo que hacerlo caminando —le dijo—. Por supuesto que veo, igual que tú, que Alma tiene que acabar ese libro que ha empezado. Ella nunca abandona nada de lo que empieza, ya lo sabemos. Pero unas memorias de un muchacho, que ni siquiera está muerto oficialmente. ¡Cielo Santo! ¿Y qué iba a saber Mannheim sobre un muchacho americano? —siguió—. Un viejo bolchevique de salón de otra generación. ¿Qué sabe sobre la vida, ya que nos ponemos? Él nunca fue padre. Se pasó la vida hablando de Europa y de la revolución y ahorró todo el dinero que ganó aquí para invertirlo en la bolsa de Nueva York mientras criticaba el capitalismo ante sus alumnos. Ni siquiera llegué a creerme aquellos escándalos de los que se le acusaba. No creo que tuviera los arrestos para flirtear con una alumna, y mucho menos para llevarla por el mal camino. Tenía demasiado miedo de perder su trabajo, el profesor Mannheim, sí, señor.

La señora Barrington se rió de la expresión congelada en la cara de Boyd.

—Iré a ver a ese viejo loco —le prometió—. Le veré mañana mismo si puedo, y luego lo más importante será ver a Alma… Le infundiré un poco de sentido común a esa chica.

—Creo que lo que ocurrirá, señora Barrington… —empezó a hablar Boyd, y puntualizó su comentario limpiándose los labios con la servilleta de tela.

—¿Sí? —la señora Barrington no controlaba su impaciencia.

—Lo que ocurrirá al final será que Alma se dará cuenta de que no hay nada que escribir y abandonará la idea.

—¡Pero no debemos permitírselo!

—No te sigo. Creí que…

—No, Boyd, no. No debemos permitir que fracase, por todos los santos. Ella nunca ha fracasado. Debe escribir algo y luego hacer que se lo copien o se lo impriman en algún sitio, unas docenas de ejemplares. De otra forma no podrá vivir tranquila. Se decepcionará y se irá a pique. Su tienda de regalos no está funcionando, como cualquier idiota puede ver. Y ahora la memoria. Tenemos que ayudarla a encontrar el material. Le encontraremos algo. Y entonces, cuando lo haya escrito, Boyd —y la señora B. dio una sonora palmada para centrar la atención de Boyd en sus palabras—, entonces y sólo entonces, jovencito, estará en condiciones de olvidarlo.

—Es una complicación sin sentido, señora B.

—Yo no diría eso en absoluto —dijo sacudiendo la cabeza—. Una pérdida tan importante como la de Cliff, en el momento mismo de jubilarse. Puedo entenderlo bien. Sin duda alguna, debe escribir esa memoria… Por supuesto que hablaré con Mannheim. Le invitaré a tomar el té, o algo así. Será deprimente hasta para él, supongo, pero yo haría cualquier cosa por Alma.

—No olvidará este favor.

—Menuda tontería, Boyd. Haría lo mismo por cualquier persona decente.

De repente, dando un respingo, la señora Barrington habló como si hubiera encontrado un tesoro:

—Quien podría tener más información, si se le puede llamar así, es Willard Baker, o ese joven que lleva sus asuntos, Vernon Miller. Pero Alma podría ir allí en persona…

Boyd la miró fijamente, y luego, quizás sin darse cuenta, echó mano de su sombrero.

—No pareces estar de acuerdo conmigo, a juzgar por tu expresión —se burló la señora Barrington.

—Nunca habría pensado en Willard Baker —dijo Boyd—. El otro tipo del que hablas no lo conozco.

—Hmm —dijo la señora Barrington, y añadió—: Sé lo que estás pensando, claro. El viejo Willard bebe y todo eso, pero conoce y conocía a los jóvenes. Hablaba con ellos durante horas. Y Cliff no era una excepción.

—Es la primera vez que oigo eso —masculló Boyd, y controló el impulso de ponerse el sombrero.

—Willard solía ver a Cliff en mi casa, Boyd, en los días en que yo celebraba aquellas agotadoras tardes musicales, te acordarás, con el barítono, y el pianista y el arpista, y los demás que invitábamos… Tú nunca querías venir.

—Yo pasaba mucho tiempo fuera en visitas de negocios por aquel entonces.

La señora B asintió con gravedad.

—Por supuesto que lo de Willard puede esperar —afirmó la vieja monarca—. Cada cosa a su tiempo, y lo primero es el profesor.

Boyd soltó una risita a su pesar, y la señora B. sonrió.

—Ahora dile a Alma que deje de preocuparse y que se pase por aquí. Debo verla y hablar con ella.

Boyd bajó la mirada, algo acobardado, jugando con la etiqueta de su sombrero de paja.

—Yo nunca estuve de acuerdo con esos bobos que afirman que Alma debería haberse casado, ya sabes —siguió—. De verdad que no creo que a Alma le hubiera interesado ningún aspecto del matrimonio. Aunque lo que nunca entenderé es cómo un hombre atractivo como tú, Boyd Mason, no ha vuelto a casarse —y la señora B. le dio una palmadita a modo de compensación tras la complicada charla sobre su hermana.

Complacido, Boyd le tomó la mano.

—No se puede pensar en matrimonio cuando uno se acerca a los cien años —bromeó.

—Boyd, te contaré un secreto. Yo he sido feliz de muchas maneras en mi viudedad. ¿Crees que Dios me enviará un rayo para matarme por decir eso? Soy una vieja egoísta y mundana, y no merece la pena ocultarlo.

Los dos se rieron a carcajadas.

—Siempre está bien hablar con una mujer inteligente —le dijo Boyd, mientras ella sujetaba la puerta mosquitera para que saliera y le advertía otra vez señalando con el dedo para que no tropezara contra el cactus.

—No tardes tanto en venir la próxima vez —le urgió la señora B., olvidando quizás que no fue él quien decidió visitarla, sino que ella le había invitado a pasar.

—Dale un abrazo a Alma de mi parte, y recuérdale que no tiene que preocuparse —la voz de la señora B. se oía desde el otro lado de la mosquitera, demasiado débil para superar la sordera de Boyd.

Capítulo 9

Una noche a mediados de verano

La noche de la charla de Faye con Alma y de Boyd con la señora B. fue especialmente calurosa y húmeda, con el aire impregnado de olor a ketchup.

Faye dejó a su madre a cargo de la enfermera de noche, una mujer negra que venía en coche desde Sugar Ridge. Faye salió de casa bajando hacia el norte por Crest Ridge Road.

Desde el otro lado de la calle pudo ver a Willard Baker y a su joven compañero, Vernon Miller, vestidos con trajes de un blanco tropical y entre ellos el puro siempre encendido de Willard, la punta de un rojo intenso. Faye imaginó que olía el puro desde su lado de la calle, a través del calor y del olor a ketchup.

Estaba ya casi fuera de su alcance cuando escuchó la voz suave pero imperativa de Willard:

—Faye, sé buena chica. Acércate y charla con estos dos solterones solitarios.

Estaba pensando en una posible excusa —le apetecía de verdad dar un paseo para relajarse de las presiones del día—, pero el esfuerzo que necesitaba para inventar un pretexto le pareció más agotador que cumplir con la petición de Willard.

Faye se acercó al ancho porche sin decir una palabra, y saludó con la cabeza a los dos hombres.

Incluso en la oscuridad, era inevitable sorprenderse por la belleza y calidad de la ropa que llevaban Willard y Vernon. Ningún hombre en Rainbow se había vestido nunca con algo tan caro. Y probablemente tampoco ninguna mujer. De los dos, Vernon era el que vestía con más gusto; podría haber sido modelo. La ropa de Willard, como siempre, tenía un aspecto algo desordenado, y le había caído ceniza en la solapa.

Dos vasos largos descansaban en una mesita junto a ellos.

—Sé que no querrás una copa, si no te ofrecería una —dijo Willard, haciendo el esfuerzo de levantarse para saludarla.

Vernon se puso en pie con torpeza y timidez, poco congruentes con su ropa.

—No me importaría un cubalibre —replicó Faye.

Willard acercó una silla con un grueso almohadón para que se sentara, y le hizo un gesto a su amigo:

—Vernon, ¿haces los honores?

Vernon se detuvo un momento, como si no comprendiera la pregunta de Willard, y luego, con una ligera reticencia, se dirigió a la cocina a preparar la bebida para Faye.

—Cuánto me alegro de que hayas venido —le dijo Willard—. Con este calor despiadado y esa peste de la fábrica.

Faye asintió.

—No te importa sentarte aquí en público con dos viejos borrachos, ¿verdad? —Willard puso su mano sobre la rodilla de Faye en un gesto paternal y tranquilizador.

Faye se rió. Se sentía a gusto comportándose como una chiquilla. Se acomodó en la silla, relajada.

—¿Está mejor tu madre? —preguntó Willard.

Faye negó con la cabeza y apartó la mirada dirigiéndola a Peninsula Drive, en la esquina de cuya calle, gracias a un repentino aunque débil golpe de luz, vio la sala de estar de los Mason, donde, en ese preciso momento, Boyd entraba por la puerta delantera y Alma se levantaba a su encuentro. Acabaría de llegar a casa de su oficina inmobiliaria. Con la escasa luz de la sala de estar, el pelo de los dos hermanos brillaba como fósforo blanco.

—El viejo Boyd y Alma —comentó Willard con sequedad cuando siguió la dirección de la mirada de Faye.

Vernon Miller regresó con el cubalibre.

—Un posavasos y una servilleta antes de sentarte, por favor —le dijo Willard a su amigo con cierta exigencia.

La cara de Vernon enrojeció; giró con rapidez y entró de nuevo en la casa.

—¿Qué es eso qué he oído de que Alma está escribiendo un libro sobre su sobrino? —preguntó Willard, y al decirlo su atención se vio atraída por otro montoncito de ceniza que cayó sobre su chaqueta. Se sacudió con cuidado toda que pudo de la ropa.

—Santo cielo, no se trata de un libro —Faye probó su copa.

—Bueno, pero está escribiendo algo, ¿no? —añadió bruscamente.

—Sí, claro —dijo Faye, pero el cansancio le impedía continuar, y aceptó el posavasos y la servilleta que le entregó Vernon Miller sin acordarse de darle las gracias.

Cuando Vernon, obsequioso, se quedó de pie junto a Faye durante un momento, Willard le indicó con un gesto perentorio que se sentara.

—Faye —comenzó Willard en su tono bajo y tranquilizador—, ¿ya no haces esos viajes a Europa como hace unos años? —La miró ahora con interés real.

—¡Hace unos años, Willard! —tomó otro poco de su copa—. Hace al menos quince años de eso —le recordó.

—Creo que te vendría bien un poco de Europa otra vez, si quieres saber mi opinión —Willard levantó el vaso para brindar por ella.

Faye bebió de nuevo.

—Vernon, aquí presente, me ha estado persuadiendo de que vaya a Europa con él, pero no quiero saber nada del tema. Con una vez ya más que tuve suficiente, aunque no puedo decirte cuánto hace ahora de eso. Y de todas formas todo lo europeo parece haber llegado aquí, mientras que nuestros compatriotas se van allí, así que por qué no quedarse en casa y disfrutar de nuestro propio país tranquilamente.

Vernon Miller hizo un breve y rápido ruidito para expresar su impaciencia.

—¿No te parece que a Faye le vendría bien un poco de Europa, Vernon? —le preguntó Willard.

Se veía con claridad, tanto por el tono de Willard como por la actitud enfurruñada del joven, que habían estado discutiendo, y Faye pensó que probablemente la habían invitado a acercarse sólo para interrumpir la incómoda situación.

Faye colocó su bebida sobre el posavasos.

—¿Está buena tu copa? —le preguntó Willard con interés.

—No podría estar mejor —replicó Faye en voz muy alta, casi amenazante.

—Gracias, Faye —le agradeció Vernon—. Siempre se puede contar contigo.

Faye le miró con atención. En la penumbra del porche, la cara de Vernon parecía maquillada, y no era fácil decidir si tenía dieciocho o treinta años.

—No deberías desear que yo tome un barco para Europa cuando tú mismo no deseas ir, Willard —Faye rompió el ominoso silencio.

—Quizás Faye y yo deberíamos irnos juntos a Europa —dijo Vernon, mucho más alegre, tal vez por alguna visita que le hizo a la botella cuando fue a la cocina.

—Es una idea —replicó Faye, animándose por la bebida.

—¿Y qué dinero utilizarás? —parecía que Willard estaba retando a su amigo.

Hubo un momento de silencio tenso, y luego Faye exclamó:

—Utilizaremos el dinero de mi pensión de retiro. ¿Te parece bien, Vernon?

El joven Vernon tragó con dificultad, y luego, tras un esfuerzo, afirmó:

—Eso es, Faye.

—Para ti profesora Laird —aclaró Willard, pero su voz era menos desagradable, aunque había querido resultar cortante.

—Dentro de un minuto Willard te contará que nunca acabé octavo —le susurró Vernon a Faye.

—Nunca dije que no fueras listo —advirtió Willard.

—Creo que tienes suerte de contar con Vernon —dijo Faye, tal vez para su propia sorpresa.

—Mira, Faye, Vernon y yo somos personas constantes. Nos peleamos todo el tiempo.

Willard se rió, Faye soltó una risita tímida, y Vernon, ahora completamente relajado gracias al ron, se hundió en su tumbona y encendió un cigarrillo largo en su boquilla esmaltada.

—De todas formas, siento curiosidad por saber qué demonios es lo que Alma está escribiendo sobre su sobrino —Willard retomó el tema.

—Ése sí que será un buen libro —Vernon se incorporó un poco con expresión de complicidad.

—Había olvidado que conocías a Cliff, Vernon —Faye se reanimó un poco.

—No lo conocía en absoluto —se mofó Willard, y se revolvió en su asiento al caerle ceniza caliente del puro sobre la mano.

—Yo conocí a Cliff bastante bien —Vernon ignoró el comentario de Willard—. Solíamos hablar en el jardín, por allí donde el viejo arbusto de madreselva. Cliff estaba siempre en el jardín. Creo que no le gustaba estar dentro de casa con sus tíos.

—No sé cómo ni tú ni nadie puede decir que conociera a Cliff Mason —afirmó Willard—. Para empezar, no sabía hablar, excepto para recitar sus deberes. Era lo que ahora llaman, por lo que he oído, no verbal.

—Sí que sabía hablar cuando quería —dijo Vernon en voz baja, ya fuera por continuar la discusión, o porque conocía algo de Cliff que nadie más sabía.

—Entonces cuéntanos, listillo, qué es lo que te dijo —comentó Willard, y a continuación un fuerte ataque de tos le impidió decir nada más. Era tan violenta que Faye y Vernon se miraron con preocupación.

Una vez recuperado, le dio un buen trago a su copa y continuó:

—El sobrino de los Mason había perdido todo su carácter porque siempre le estaban diciendo lo que tenía que hacer —dijo—. Le mangonearon desde que salió del vientre de su madre. Que lo mataran en la guerra probablemente fue un alivio para él.

—Está desaparecido, no muerto —dijo Faye sin convicción, como una niña que repite una frase que le han dicho muchas veces.

—Desaparecido quiere decir que ha muerto, Faye, querida, en el lenguaje militar. Cliff está muerto.

—Al contrario, Willard, yo creo que Cliff volverá —dijo Faye como sumida en una fantasía, y miró su vaso vacío.

—Prepárale otra copa a nuestra invitada —dijo Willard volviéndose hacia Vernon Miller.

—No me apetece beber más —afirmó Faye con énfasis.

—Cuando te apetezca, silba —le dijo Willard—. A Vernon le encanta servir a las damas.

—Eso es muy cierto —Vernon miró a Willard fijamente y con los ojos muy abiertos hasta que éste bajó los suyos.

—A la vieja Alma se le debe estar yendo la cabeza —siguió Willard, algo más contenido—. ¡Escribir un libro sobre su sobrino! ¡A su edad!

—La jubilación le está resultando dura —parecía que Faye se recordaba el problema a sí misma.

—Ahora no tiene a quién mangonear —dijo Willard—. Excepto al viejo Boyd, y no creo que pueda encontrar en él mucho más en lo que hincar el diente. Además, afortunadamente para él, es sordo. —Se rió de su gracia.

—Cliff era el muchacho más solitario que he conocido, aparte quizás de mí —dijo Vernon de repente y su comentario, no dirigido a nadie en particular, dio la impresión de proyectarse en letras grandes ante ellos sobre una pantalla de televisión.

—Nunca pensé eso de él —Faye reflexionó con voz soñolienta.

—Créeme, sabía hablar —dijo Vernon—. Pero con quién demonios iba a hablar, me pregunto.

Bebió un trago.

—Obviamente con el comprensivo y empático Vernon —Willard se dirigió a su amigo con ironía.

Faye se levantó argumentando a modo de excusa que no podía dejar sola a su madre durante más tiempo.

Willard la sujetó del brazo.

—Hace demasiado calor para dormir, y aunque no lo hiciera hay demasiado olor a tomate. Sé buena chica y tómate otra con nosotros.

De repente miró hacia el jardín trasero de los Mason y entrecerró los ojos.

—Todo lo que Vernon y yo haremos —siguió Willard, mirando inquisitivamente hacia delante— es quedarnos sentados aquí y emborracharnos y decirnos cosas abominables el uno al otro. Puede que Vernon tenga que matarme.

Mientras Willard hablaba, Vernon se había acercado mucho a Faye y luego, con un gesto rápido y casi imperceptible, le había tocado con la mano la cintura de la mujer, y ahí la dejó. Ella no hizo movimiento alguno para quitarla.

Willard abandonó de pronto el escrutinio y se fijó en lo cerca que estaban sus compañeros de porche. Refrenó el impulso de comentar algo y volvió a centrar su atención en el patio de los Mason.

—Mirad, vosotros dos —dijo Willard—. ¿No es la mismísima Alma quien está en el jardín, dando vueltas como un duende? Mirad, os la estoy señalando.

Faye se alejó un poco de Vernon y siguió las indicaciones de Willard.

—Sí que es Alma —afirmó preocupada.

—Invitémosla a una copa —sugirió Willard.

—¡Cielo santo, no! —objetó Faye—. Ya debíais saber lo que piensa Alma de la bebida —y bajó la mirada hacia su propio vaso.

—¿Por qué no invitarla? —dijo Willard—. Para empezar, creo que nunca ha conocido a Vernon —y había un tono raro en su voz—. Se ha pasado la vida fuera de aquí enseñando el quinto curso en Mount Gilead o como se llame. Voy a invitarla a que venga, si vosotros, tortolitos, me disculpáis un momento —añadió.

Bajó con dificultad los escalones del porche y anduvo despacio por el jardín. Llegó a la franja de tierra que separaba las dos parcelas y llamó a Alma sin levantar la voz.

Alma se giró, sorprendida tanto al oír su propio nombre como al ver a Willard Baker caminando hacia ella. Faye y Vernon la observaron dirigirse nerviosa al encuentro de Willard. Apenas podían oír su voz, y la réplica de Willard, «¡Venga, ven y únete a la fiesta!».

Mientras Alma y Willard hablaban, Vernon se había arrimado otra vez a Faye y ahora le besaba el pelo.

—¿Por qué has tenido que dejar que nos viera juntos? Eso puede estropear las cosas —exclamó, pero no había en su tono auténtica irritación ni enfado.

La tomó de la mano.

—Antes de que vuelva —susurró Vernon—, ¿a qué hora puedo verte mañana?

—No creo que debamos volver a vernos —dijo ella, apartando la mano.

—¿Es por tu madre otra vez? —apareció el hastío.

La sonora carcajada de Willard Baker resonó por todo el vecindario.

—Trae a Alma hacia aquí —dijo Faye, sin resistirse esta vez a la presión de la mano de Vernon.

—¿A qué hora puedo verte mañana? —le rogó.

—Pásate a las diez —replicó. Se soltó del hombre y se acercó a

los escalones delanteros para saludar a Alma, que parecía avergon-
zarse por acercarse a ellos, las manos sobrevolando sus cabellos.

—Le estaba explicando a Willard —Alma tomó la mano de
Faye— que no esperaba la compañía de nadie, ni dentro ni fuera.
—Se miró preocupada la fina bata blanca.

—¿Podrías traerle una bebidita fresca a la señorita Mason?
—Willard se dirigió a Vernon. Luego, con aire pensativo y tono
afectado, le preguntó a Alma—: Ya conoces a mi amigo Viernes,
creo, a Vernon Miller.

Daba la impresión de que el viejo Willard estaba borracho.

—No, me temo que no he tenido el placer —replicó Alma, mirando a Vernon.

—Entonces, haremos las presentaciones —dijo Willard con voz
estentórea—. Vernon era el amigo del alma de su sobrino Cliff
—aseguró.

Alma tendió la mano a Vernon y le dirigió de forma involuntaria
una larga mirada inquisitiva como Faye no recordaba haber visto
nunca en los ojos de la anciana.

Vernon expresó su placer de conocer a Alma y le preguntó:

—¿Qué le apetece beber, señorita Mason?

—Ay, Willard sólo quiere gastarme una broma con eso de tomar
una copa, señor Miller —Alma señaló al aludido—. Sabe que nunca
bebo alcohol —y se rió, extenuada, de la invitación de Willard.

—Te tendrás que tomar una copa, Alma, y no voy a dejar que te
vayas hasta que lo hagas —Willard se acercó a ella y rodeó su cintura con el brazo, quizás imitando con sorna el abrazo de Vernon
a Faye—. Nosotros, las familias de bien, tenemos que dar ejemplo
—añadió.

Tras intercambiar una mirada de complicidad con Alma, Vernon
le preguntó:

—¿Qué bebida quiere que le traiga?

—Pues lo que esté tomando Faye —replicó Alma con despreo-
cupación.

—Así me gusta —exclamó Willard, mientras Vernon salía de la habitación para preparar la bebida.

Al salir Vernon se produjo un silencio embarazoso. Willard comentó:

—Vernon y yo salimos para Michigan dentro de unos días.

—¿Una salida de caza y pesca? —preguntó Alma, sujetando el pañuelo con cuidado en torno a la garganta.

—Creo que nos dedicaremos a no hacer nada, ya que lo preguntas —replicó Willard—. Y a respirar un poco de aire no contaminado entre bosques y arroyos.

Alma asintió, asimilando la información, y estaba a punto de comentar algo cuando Willard exclamó, con verdadero alivio.

—Ah, aquí vuelve nuestro sirviente —Vernon salía por la puerta mosquitera trayendo una bandeja con una jarra y vasos.

—He preparado bebidas para todos, y una mezcla especial para la señorita Mason —informó Vernon y guiñó un ojo a la tía clandestinamente.

—¿Dónde está la servilleta de la señorita Mason? —exigió Willard con brusquedad, y de nuevo dio la impresión de estar muy bebido y enfadado.

—No necesito una para nada —replicó Alma, con lo que apagó, al menos por el momento, el brote de mal humor de Willard.

Todos estaban sentados bebiendo sus copas a excepción de Alma, que tras probar la suya con cuidado, sólo fingía beber.

—Me pregunto dónde estaremos todos el verano que viene —exclamó Willard, levantando el vaso a modo de brindis.

Luego se hundió en la hamaca, inclinó su copa y la remató, y estaba claro para todos, quizás con la excepción de Alma, que se encontraba en una etapa de borrachera en la que o bien se dormía o bien vomitaba.

—¿Creéis que en el infierno fabricarán ketchup? —preguntó Willard de repente, despertándose a medias de su sopor.

Todos se rieron a pesar de su cara de disgusto.

—¿Ha sabido algo nuevo sobre Cliff? —Vernon se dirigió a Alma en el silencio que siguió al comentario de Willard.

—Últimamente no —dijo ella con repentina viveza—. Pero desde luego esperamos saber algo.

Vernon asintió.

—Yo no tenía ni idea de que conocieras a Cliff, hasta que Willard lo ha comentado aquí esta tarde —Alma expresó su sorpresa con tono tímido y complacido.

Vernon no contestó, con los ojos puestos en Willard, quizás para calcular si estaba dormido.

—Creo que las señoritas deben irse ya —habló Faye por fin, también mirando a Willard con intranquilidad.

—¡Ahora que acabo de conocer al señor Miller! —exclamó Alma alegremente. Pero mientras lo decía, se puso en pie dando a entender que, aunque se había alegrado de conocer a Vernon, al mismo tiempo estaba deseando perder de vista a Willard Baker.

Vernon ayudó a las dos mujeres a bajar los escalones delanteros hasta el jardín, y estuvieron de pie unos minutos más hablando entre ellos en voz baja, fuera del alcance del oído del porche. Luego, se dieron las buenas noches y se alejaron en direcciones diferentes.

—¿Dónde demonios has estado todo este rato? —Willard reprendió a Vernon cuando regresó al porche. El viejo actuaba como si estuviera sobrio y tenía los ojos bien abiertos.

Vernon le explicó que había acompañado a las señoritas en su camino de vuelta a casa.

Willard resopló y luego dijo:

—Bien que te has puesto en evidencia esta noche.

—Al menos no he perdido el conocimiento —replicó Vernon.

—La forma en la que has estado manoseando a Faye Laird ha sido suficiente para hacer vomitar a cualquiera, sin necesidad de perder el conocimiento. Pues si es su dinero lo que estás buscando, déjame decirte algo. La vieja señora Laird ha hecho testamento donándolo todo a iglesias y albergues. Su hija apenas heredará lo suficiente para vivir… y la madre lo ha hecho así para que Faye no pueda casarse.

—Gracias por el aviso, Willard. Me alejaré de Faye inmediatamente, por supuesto.

—Por supuesto que te alejarás de ella, o tendrás que irte de mi casa. ¿Qué demonios pretendes cortejándola ante mis ojos y en mi propia casa?

Vernon se acabó el resto de su copa.

—Y deja de beber tanto. En primer lugar, no soy tan rico como para mantener un bar privado a tu disposición, y en segundo lugar, vas a ponerte gordo como una ballena.

—Eso lo sabes por experiencia, supongo —contestó Vernon.

—¿Y qué ha sido toda esa charla de lo bien que conocías a Cliff Mason? —Willard estaba furioso.

—Porque es la verdad —Vernon le hizo frente con tranquilidad—. Todo lo bien que tú me dejas conocer a otras personas, diría yo.

—Sigue ahora con tu discurso de cómo te he arruinado la vida. —Continuó su reflexión con estudiado rencor—. Supongo que has decidido inventarte esa historia sobre Cliff Mason para poder ganarte también el aprecio de su tía. Se trata de eso. Siempre buscando puertos para un futuro día de tormenta. No creas que no te he visto intentando ganarte el favor de la vieja.

—Por el amor de Dios, ¿quién la ha invitado a venir aquí? —Vernon le devolvió el ataque con una especie de rabia apática.

—Eso ha sido un error —reconoció Willard—. Nunca debería presentarte a nadie. Dios, si mi familia pudiera verme ahora —y pareció que apelaba a todo lo más elevado y supremo en la naturaleza de las cosas.

—No se sorprenderían tanto —dijo Vernon entre dientes.

—¿Qué has dicho?

—Ya me has oído.

—¿Cómo ibas tú a comprender nada que tenga que ver con mi

familia? —Willard miró a su amigo con los ojos muy abiertos—. Un don nadie sin apellido propio como tú hablando de mi familia, cuando la sola mención del apellido Baker en esta parte del condado ha bastado para abrir todas las puertas.

Siguió un despiadado silencio en el que compartieron el mutuo desdén.

Luego, temblando, Willard reunió toda su energía para decir:

—Puedes hacer las maletas y marcharte, ¿me oyes? Esta misma noche. Sube ahora mismo, recoge tus cosas y márchate. Aquí ya se ha acabado tu última comida gratis.

Vernon se puso en pie, puso su copa sobre la mesa con deliberada tranquilidad y se dirigió hacia la mosquitera.

Al mismo tiempo, Willard hizo un débil intento de levantarse, gritando:

—¿A dónde vas?

—Voy a hacer el equipaje y marcharme, como me has dicho.

—Siéntate —ordenó y suplicó Willard al mismo tiempo.

Vernon siguió de pie, la mano sobre el delicado pomo de cristal de la puerta.

—¡Lo siento! —gritó Willard.

—Sí, ya lo sé —replicó Vernon fríamente y con hastío.

—Ya te he dicho que lo siento —repitió Willard, levantando la vista, implorante, hacia su amigo—. Siéntate, por favor. —El anciano empezó a sollozar en voz baja—. Vernon —dijo—, no me encuentro bien… Por favor… —e hizo un gesto a su amigo para que se sentara.

Vernon caminó lenta y mecánicamente, como quien tiene que contestar un teléfono que suena una y otra vez, y ocupó la silla habitual junto a su compañero. Dio unas palmaditas sobre la mano de Willard distraídamente.

—Por favor, intenta ser comprensivo —le rogó Willard—. Inténtalo, por amor de Dios.

—No te castigues —dijo Vernon.

—Tú significas más para mí de lo que mi propia familia ha significado nunca. —Willard se aferró a la mano del joven—. Tú me has dado la única felicidad que creo haber tenido. No sé por qué te digo esas cosas tan horribles.

—Creo que deberías ver a un médico, Willard.

—Me he pasado la vida entre médicos. Eso es lo que me pasa.

Vernon siguió dando palmadas y acariciando la gruesa mano temblorosa de su amigo con cariño y cansancio, con paciencia y preocupación.

—No importa lo que pueda llegar a decirte, Vernon —Willard tomó la mano de su amigo en la suya—, acuérdate de que tú eres todo lo que tengo. No me dejes nunca. Lo he puesto todo por escrito. No has de preocuparte por el futuro cuando yo me haya ido… Tú eres todo lo que tengo y necesito.

Capítulo 10
Cuatro mil dólares

Una vez que Boyd Mason abandonó la casa de la señora Barrington en dirección a la inmobiliaria, la vieja monarca se sentó en el escritorio de persiana y con su caligrafía larga e inclinada redactó dos notas, la primera al profesor Mannheim y la segunda a Alma Mason. Fueron entregadas a primera hora del día siguiente por su chófer y chico para todo, Ed Shaeffer.

Las notas, casi idénticas en su contenido, eran muy diferentes en su carácter, la del profesor Mannheim tenía el tono de una citación judicial, mientras que el mensaje a Alma, aunque imperioso, estaba redactado en términos de amistad y evocación de sentimientos.

Ni Alma ni la señora Barrington habrían sido capaces de comprender el efecto que la nota produciría en el profesor Mannheim. Después de todo, vivían y pertenecían a Rainbow desde siempre, y aunque el profesor había vivido en la comunidad la mitad de su vida cronológica, se encontraba, como poco, más incómodo e inseguro que cuando llegó de joven. En la misiva de la señora Barrington veía la posibilidad de todas las amenazas y desastres que había temido tanto de ella como de la universidad en todos los años que llevaba allí.

Era una mañana cálida cuando Ed Shaeffer entregó la nota al profesor, el día prometía ser abrasador. El profesor Mannheim no había planeado hacer apenas nada ese preciso día, no sólo a causa del calor, sino porque era el aniversario de la muerte de su primera mujer, y tenía pensado ir, como todos los años, y sin que lo supiera la segunda señora Mannheim, hasta el pequeño cementerio judío situado a unas diez millas de la ciudad para visitar su tumba.

Ahora ya no podía pensar en nada que no fuera su visita obligada a la señora Barrington. Ella constituía, a sus ojos, una figura mucho más temible que el director de la escuela universitaria, ya que éste basaba su juicio de los miembros del profesorado en principios tan sencillos como la pertenencia a una iglesia, la participación en la comunidad, los discursos ante el Rotary Club u organizaciones piadosas, o la asistencia a las comidas del equipo de fútbol y a las fiestas de antiguos alumnos. Al no cumplir con estos requisitos, el profesor Mannheim podía esperar indiferencia o incluso desprecio por parte del director y, consecuentemente, del consejo de administración, pero al mismo tiempo podría contar con ser tolerado como profesor asociado hasta que le llegara el retiro, siempre y cuando, desde luego, su comportamiento y sus opiniones no dieran lugar a comentarios, y siempre que no sacara a colación la cuestión de su ascenso.

Pero la señora Barrington, de eso estaba seguro, tenía mala opinión de él en todos los aspectos. El hecho de que fuera judío era lo menos importante, y sus opiniones políticas —que ya nunca mencionaba— y sus libros eran menos inaceptables que la forma en que llevaba la ropa y hablaba el inglés. La señora Barrington no podía conciliar lo que él era en realidad con lo que ella pensaba que debía ser un residente permanente de Rainbow y del campus universitario.

Caminando arriba y abajo por su estudio, con la nota en la mano, recordaba que tenía sesenta años y que en cinco se retiraría, se decía a sí mismo una y otra vez que cualquier cosa que hubiera hecho o dejado de hacer no justificaba que el consejo de administración le despidiera a estas alturas, no importaba cuál fuera la presión que ejerciera la señora Barrington.

Sin embargo, el miedo no le abandonaba. De pie en su estudio, gruesas lágrimas que parecían dañarle los ojos caían sobre la alfombra llevándole a recordar la muerte de su esposa y las lágrimas que vertió en aquella ocasión, que habían brotado con facilidad, y que habían aliviado su pena. En toda su vida nunca se había sentido tan solo, pero esta vez, además, tan viejo. Las fuerzas que siempre logró reunir en el pasado se habían ido, como sus lágrimas fáciles, y sentía que algo frío e intolerable le atravesaba como las alas del ángel de la muerte.

Inquieta al ver que su marido llevaba tanto tiempo encerrada en el estudio, Rosa Mannheim entró a ver qué le sucedía y, al sorprenderle tan apenado, intentó decir algo que le consolara. Mirándola, él descubrió que de alguna manera ella no estaba a su lado, ya fuera porque había nacido en Rainbow, en un entorno y con una formación muy diferentes a los suyos, o simplemente porque él se encontraba demasiado viejo y cansado como para que nadie pudiera situarse a su lado como un igual en los momentos de sufrimiento.

—Si deciden despedirme, Rosa, me despedirán —le dijo—. No puedo luchar contra los sentimientos de una comunidad.

—¿En estos tiempos? —escuchó decir a su esposa—. No se atreverían.

Tomó la mano de su esposa y la besó, pero sus lágrimas la aterrorizaban, y sintió que aquella mano estaba tan tensa como la suya, como si quisiera retirarla.

Por todo ello, el profesor Mannheim tenía un aspecto rígido y desmadejado cuando aquel caluroso día de verano pagó su «obligada» visita a la señora Barrington.

La señora Barrington no estaba tan interesada en su existencia como el profesor temía. Para ella, él era más un nombre que una persona, un nombre sometido anualmente a su consideración cuando asistía a la reunión de los consejeros cada mes de junio. Años atrás, como todo el mundo, había oído que el profesor se había comportado de modo sexualmente disoluto con ciertas alumnas, pero nunca hubo pruebas y el director había decidido no actuar. A medida que pasaban los años, los rumores acabaron por apagarse. Aunque cada cierto tiempo surgieran de nuevo entre los alumnos mayores en los espacios vacíos entre conversaciones sobre comidas del equipo de fútbol y fiestas de antiguos alumnos, el notable envejecimiento del profesor Mannheim llevaba a dudar que hubieran sido ciertos alguna vez. Desde que su vejez se había hecho patente, se le había dejado de cuestionar en la comunidad universitaria, si no como a un elemento inamovible como se consideraba a los profesores fijos, al menos como una especie de miembro perenne, y casi todo el mundo en la ciudad, ya fueran ciudadanos comunes, profesores, alumnos, esposas de profesores o administradores, pasaban por alto, si no olvidaban, tanto su forma de ser como sus artículos sobre Marx y el socialismo.

Aunque Rosa Mannheim había llorado al ver a su marido alejarse hacia su cita, el profesor, una vez fuera del estudio, recuperó parte de su vigor y seguridad. Recordó por un momento, según subía los escalones de la casa de la señora Barrington, su antigua reputación de dominio sobre el sexo débil.

—Debo pedirle que me perdone por traerle hasta aquí en un día tan caluroso —la señora Barrington avanzó a recibirle con su cordialidad fácil, mirando de reojo el cuello de la camisa del profesor, aplastado por el sudor.

—¿Cómo está usted, profesor? —Su pregunta imperiosa parecía contestarse sola. Hizo una señal a la doncella para que preparara una silla en la sala contigua.

Viendo el aspecto de angustiada preocupación que reflejaba la cara del profesor, y tras una segunda mirada crítica al cuello, la señora Barrington, una vez sentados para el té, fue al grano.

—No quiero andarme por las ramas —dijo—. Le he pedido que venga, profesor Mannheim, para un asunto que no nos concierne ni a usted ni a mí directamente.

El rostro del profesor Mannheim se alegró, pero se volvió a oscurecer enseguida, pues imaginó que este distendido comienzo era sólo una forma de prepararle para un ataque devastador.

—Se trata de nuestra vieja amiga Alma Mason, que estará aquí en un minuto, espero. —La señora Barrington levantó la vista hacia el reloj del abuelo, que pareció obedecer a su mirada, puesto que dio la hora.

La señora Barrington le sirvió una taza de té, alejando con un gesto a la doncella, y a modo de pregunta señaló con los ojos el azúcar, el limón y la leche. El profesor indicó que no tomaría de ninguno, y aceptó la taza que ella le ofrecía. Luego cambió de idea y se sirvió dos terrones de azúcar. Tras otra mirada de la señora B. se tocó el cuello, incómodo.

—Se acordará de Alma, la tía de Cliff Mason, que se encargó de criarlo…

—Claro, cómo no iba a acordarme —exclamó, escupiendo unas gotitas del té que acababa de beber, y su inglés cobró un mayor acento extranjero.

—Sabía que recordaría a Cliff —la señora Barrington relajó la mirada—. Quería estar segura antes de que habláramos.

—Recuerdo a Cliff como si fuera hoy mismo. —El profesor Mannheim se había animado ligeramente.

—Entonces puede ayudarnos —exclamó la vieja monarca—. ¡Pues claro que sí! —se rió—. Es decir, puede ayudar a Alma —su voz volvió a ponerse seria—. En cuanto a Cliff, bueno, yo sospecho que probablemente está muerto. —Dejó la taza sobre la mesa.

—Sería demasiado bueno para ser cierto si después de todos estos meses estuviera vivo —coincidió el profesor—. Y sin embargo…

—Yo creo que sin duda está muerto, profesor. O algo peor.

El profesor no pudo impedir aflojar los dedos con que sujetaba la taza, y para evitar verterla la puso rápidamente sobre la mesa.

—Quiere escribir una conmemoración —dijo la señora Barrington con frialdad y por el rabillo del ojo echó una mirada al reloj.

—¿De Cliff?

—Una biografía —la señora B. reconoció la lógica sorpresa del profesor—. Es por eso por lo que he tenido que pedirle que viniera. —En su tono podía distinguirse la sombra de una coquetería hace tiempo desaparecida—. Alma no encuentra nada sobre lo que escribir —continuó con su anterior firmeza. El profesor Mannheim se sonrojó imperceptiblemente.

—No conocía a su propio sobrino —insistió la señora B.

El profesor Mannheim asintió, dando a entender que comprendía esta enorme insuficiencia.

—El hermano de Alma, Boyd Mason, y yo pensamos que usted podría contarnos algo sobre la vida académica de Cliff. Cualquier cosa que Alma pudiera utilizar.

El profesor Mannheim se alegró visiblemente en cuanto tuvo razones para creer que se le había invitado a venir solamente para ayudar a escribir la biografía de Cliff Mason, pero ante las palabras «vida académica», su rostro volvió a oscurecerse.

La señora Barrington notó su vacilación. Esperó y pareció transformarse en hielo.

—Cliff sólo estuvo en la universidad poco más de un año —el profesor intentó explicar su repentina falta de disposición y entusiasmo para ayudar—. No hizo nada que le distinguiera, me temo.

—Ya —dijo la señora Barrington con altivez.

—Pero por la más pura casualidad —el profesor Mannheim elevó su voz en un intento de parecer animado—, mientras revisaba unos archivos antiguos de clase la semana pasada, encontré varios exámenes, un par de trabajos y un curriculum vitae del joven Cliff.

—¡Entonces ya tenemos un comienzo! — exclamó la señora B. como quien se agarra a una brizna de hierba.

—Resulta curioso que sus exámenes hayan sobrevivido, mientras que no queda nada de otros alumnos de ese periodo…

—Curioso —la señora Barrington manifestó su acuerdo, pero su mente, era obvio, no estaba en ese momento en el problema de Cliff y sus exámenes, ni en Alma y su libro. De hecho, pensaba en una comida con los Elks a la que tenía que llegar en menos de veinte minutos y donde se esperaba que diera un discurso.

—Por supuesto, le dará usted los papeles del muchacho a su tía —afirmó la señora B. categóricamente.

—No faltaba más —asintió el profesor.

—No entiendo por qué demonios se retrasa Alma.

La señora B. contempló con ligera indignación el reloj. Una hora tarde.

Enjugándose el sudor de las cejas en un gesto rápido y disimulado, el profesor Mannheim volvió al tema en cuestión:

—Creo que había algo en Cliff que podría haber llegado a ser excepcional —reflexionó.

La señora Barrington le miró.

—Pero estaba aún por desarrollar ¿sabe? —suspiró.

—Es difícil esperar otra cosa a los dieciocho años —comentó mordaz la vieja monarca.

—Exacto —se apresuró a congeniar—. Y es por ello que la idea de escribir un libro sobre él me ha resultado tan…

—Absurda —resonó la voz de la señora B. Asintió con la cabeza—. No le ha sorprendido a usted más que al resto de nosotros —le aseguró—. Pero lo que nos interesa no es lo absurdo de ese libro. Lo que nos interesa es Alma. Ella tiene que escribir esa biografía. Alma siempre tiene que acabar todo lo que empieza, y tiene a todo el vecindario, o más bien a toda la ciudad, implicada en la escritura de esa maldita memoria. Tenemos que empujarla a que la termine para que después pueda dedicarse a algo sensato. Para cuando acabe, ya sabrá si su sobrino está muerto o vivo.

—Recuerdo que su madre y su padre murieron cuando él era pequeño —el profesor Mannheim refrescó su memoria.

La señora Barrington asintió, añadiendo:

—Alma Mason se hizo cargo de él a partir de entonces. Cómo de bien lo hizo es algo que intentaré no juzgar. Aunque a mí me parece, esto se lo digo confidencialmente, la última persona en la tierra que Dios elegiría para ser madre.

Antes de que el profesor pudiera replicar a su afirmación, tanto él como la vieja monarca se sobresaltaron un poco al oír el timbre.

Cuando la doncella hizo pasar a Alma Mason, se notó enseguida que se había tomado muchas molestias en arreglarse. Se había puesto un vestido estampado nuevo de algodón, quizás algo juvenil para ella, y un llamativo collar que obviamente no procedía de su tienda de regalos. También se había puesto, por primera vez desde que la señora B. la conocía, un ligero toque de carmín.

Aunque la anfitriona había advertido al profesor Mannheim que esperaban a Alma, fue evidente su incomodidad al verla. Alma, a quien no se le había pasado por la cabeza que el profesor pudiera estar allí, se detuvo en seco.

Desde su sofá, la señora B. se fijó en su incomodidad.

—Quería sorprenderte, Alma —sonrió la vieja monarca, dirigiendo al mismo tiempo una mirada imperiosa a la doncella para que les trajera más té—. Pero claro, has tenido que llegar tarde para hablar con el profesor.

—Nunca me hubiera imaginado… —balbuceó Alma, confundida por la presencia del profesor Mannheim e incómoda por haberse encontrado con él cara a cara. Pensó que podría no haberlo reconocido sin su sombrero, porque ahora estaba completamente calvo a no ser por algunos mechones despeinados de un blanco patriarcal alrededor de sus orejas. Sus ojos habían perdido todo su orgullo y calidez, y la mandíbula colgaba como si hubiera sufrido hace poco una apoplejía.

—Por supuesto que no, querida —la interrumpió la señora B. —. Pero ahora es demasiado tarde incluso para una disculpa. Yo misma llego tarde a mi discurso con los Elk. Pero tenemos buenas noticias para ti, Alma querida… El profesor ha encontrado algunas cosas de Cliff que podrías utilizar para tu libro… Exámenes y trabajos, cosas de ese tipo.

Desde el interior de la habitación contigua se oyó el motor de un gigantesco ventilador eléctrico, puesto en marcha por la doncella a una señal de la señora B., dado que el calor se estaba volviendo más notorio incluso en aquellas habitaciones de techo alto.

—Se trata de sus trabajos y sus exámenes de historia del mundo, señorita Mason —explicó el profesor Mannheim, asumiendo un tono profesoral por primera vez desde su llegada—. Puede que haya algo de interés para usted.

—Qué amable por su parte guardarlos tanto tiempo. —La voz de Alma llegaba oblicuamente, como si hubiera pasado por las aspas del ventilador.

Alma aceptó la taza de té que le trajo la doncella, sonriendo con una dulzura desconocida en ella cuando estaba en su propia casa.

Tras un largo silencio de la señora Barrington, sentada en el sofá, el profesor Mannheim, con rostro sonrojado a causa del calor, el cansancio, el té y la repentina certeza de que su presencia aquí con las dos mujeres no le afectaban a él ni a su carrera, comenzó una auténtica cascada de palabras, esta vez no en torno a la historia del mundo sino a sus recuerdos de la universidad, concretamente sobre Cliff.

—Hay una cosa de él que siempre me viene a la memoria —el profesor Mannheim miró hacia el alto techo—, una cosa que siempre recuerdo cuando pienso en él, y es la forma en que se veía en su cara todo lo que esperaba de la vida… Sí, ese era su rasgo distintivo —se volvió hacia Alma—, todo lo que esperaba de la vida…

Las dos mujeres reflexionaron sobre estas palabras.

El profesor Mannheim siguió hablando. Con la sensación gradual de alivio que le había invadido, su inglés parecía otra lengua en sonido y pronunciación: el cuello de su camisa estaba empapado de sudor, ligeramente abierto bajo la corbata; y un hilillo de té se le había deslizado desde la boca hasta la solapa del abrigo.

De pronto, empezó a llorar con sollozos cortos, como los de un animal.

Alma y la señora B. intercambiaron miradas, pero ésta se mantuvo tan impasible y controlada como en los años en que convocaba a jóvenes alumnos para escuchar a algún arpista o barítono fuera de lo corriente en su sala de música. Incluso asentía con la cabeza como si los sollozos del profesor fueran después de todo lo que estaba esperando.

Secándose los ojos con el pañuelo e intentando enderezarse el cuello (no parecía saber que tenía desabrochado un botón de la camisa), el profesor logró repetir su oferta a Alma de que haría todo lo que estuviera en su mano para ayudarle a escribir el libro sobre su sobrino.

—Desde luego ustedes querrán verse otra vez para charlar... Ustedes dos solos. —La voz decidida de la señora Barrington resonó desde el sofá—. Pero pensé que primero era necesario que se reunieran —dijo como única explicación por haberles convocado inesperadamente aquella mañana, al mismo tiempo. Todo en ella conducía a la conclusión de que el tiempo se había agotado.

El reloj dio las doce.

—Le llevaré los papeles de Cliff y su curriculum vitae, señorita Mason —aseguró el profesor Mannheim. Se puso en pie, impulsado quizás por la mirada que le dirigió la señora B.

—Siento muchísimo haber llegado tarde.

Alma se puso también en pie, más lenta en captar la actitud de despedida de la vieja monarca.

—Me gustaría quedarme con ustedes un buen rato más —la señora B. se asió al brazo de Alma al levantarse—. Pero es ya mediodía y Ed Shaeffer lleva un cuarto de hora esperándome en el coche. Les he dicho que... tengo que dar un discurso a la hora de la comida donde los Elk, nada menos, y con este calor.

Alma y el profesor Mannheim expresaron en voz baja su solidaridad y comprensión.

—Pero ustedes dos pueden quedarse aquí y hablar todo lo que quieran —les informó, y no cabía duda de que, aunque se le acababa de ocurrir, lo decía de corazón.

—Creo que el profesor y yo esperaremos hasta que pueda traerme los papeles de Cliff —Alma rechazó el ofrecimiento sin convicción.

El profesor asintió enérgicamente para expresar su acuerdo.

—Como desees, querida. —La señora Barrington apretó las manos de Alma entre las suyas. Luego, le dijo al profesor—: No sabe cuánto le agradezco que haya venido.

Aún había lágrimas en los ojos del profesor, pero al darle las gracias a su anfitriona, era su cuello lo que ésta miraba.

Volvieron a despedirse todos en el porche delantero, y luego cada uno se alejó por fin en distintas direcciones.

Rosa Mannheim esperaba a su marido, con callada resignación, paseando arriba y abajo por la hilera de geranios que tenía en la sala de estar.

Al verle acercarse con esfuerzo por el camino de entrada, abrió de par en par la mosquitera, sin dirigirle una palabra. El profesor le sustituyó en el paseo alrededor de los geranios, ya en la seguridad de su estudio, mientras le describía su reunión con la señora Barrington y Alma Mason, y su esposa le miraba sentada en el alféizar de la ventana entre las enciclopedias.

—¡Imagínate que me ha hecho llamar para tratar de Cliff Mason!

—Cliff Mason —exclamó Rosa—. El muchacho que vivía al lado de tu puerta.

—Su tía quiere escribir un libro sobre él.

—Oh, no —dijo ella. Estudió detenidamente a su esposo y añadió—: Tienes aún peor aspecto que cuando te fuiste. ¿Estás seguro que sólo te han llamado por lo de Cliff Mason?

—Deja a un lado de una vez por todas cualquier temor que tengas sobre nuestra seguridad —le dijo.

Ella hizo un gesto para expresar su irritación.

—Me permitirán continuar como profesor asociado hasta que me retire o me muera o dejen de enseñar historia del mundo... Y recibiremos nuestra pensión y todo eso.

—¡Te comportas como si te pesara que la vieja bruja no te haya despedido! —le recriminó.

Se encogió de hombros y luego sacó su pipa alemana y la saboreó un momento.

—Cliff Mason debe estar muerto —habló como para sí mismo.

—¡Cliff Mason! —Rosa desvió la mirada impaciente y asqueada—. Tiene que haber algo más de lo que me estás contando.

—Te lo he contado todo, por ridículo que te parezca.

—Ojalá pudiéramos abandonar esta horrorosa ciudad —exclamó Rosa.

—Esta mañana me ha hecho recordar muchas cosas que había olvidado —le confió el profesor. Mordió su pipa.

—¿Cómo qué?

—No seas tan desconfiada —la reprendió—. Cuando te digo que no hay nada que temer, es que no hay nada que temer.

—Entonces ¿por qué tienes el aspecto de haber visto un fantasma?

—Uno olvida tantas cosas en la rutina de la vida —intentó explicar—. Rosa, hoy es el aniversario de la muerte de mi primera esposa.

—Lo siento —dijo ella con cansancio.

—Pero no tengo este aspecto por eso —dijo con algo de su antigua energía—. La visión de esas dos viejas columnas asexuadas de la Revolución Americana ha acabado conmigo, supongo... Debo haber hecho el ridículo.

—¿El ridículo por qué? —hablaba casi sin aliento.

—¡Lloré! —le gritó—. ¡Sollocé delante de ellas como un niño!

—¿Por qué me torturas así? —Rosa regresó a su estado de ánimo anterior, lleno de miedo y sospechas—. Sé que ha ocurrido algo.

Si pretendes prepararme para lo peor, lo estás haciendo muy mal. Pero siempre te comportas así conmigo, si te digo la verdad.

No intentó explicarse, sino que siguió hablando como lo habría hecho si se hubiera encontrado solo en el estudio.

—Estar con esas dos viejas glorias me ha hecho recordar mi vida entera en esta ciudad. La mención de Cliff, quizás… Yo era vecino de los Mason, como recordarás, justo antes de morir mi primera esposa.

—Por supuesto que recuerdo todo eso.

—Recordarás también que justo antes de que mi esposa falleciera… aquella primavera…

—No podría olvidarlo fácilmente —la ira y el resentimiento se debatían en su voz con una sincera tristeza.

—Esos últimos días antes de su muerte, tú y yo vivíamos una apasionada historia de amor. Te dije entonces que era la única historia de amor apasionada de mi vida.

—Y supongo que sobre eso también has cambiado de parecer —dijo inexpresiva.

—A ti te quería con locura —siguió—. Pero en ese momento también quería a mi esposa, creo que más de lo que la había querido nunca. ¿Cómo puede uno explicar estas cosas?

—En el nombre del cielo, no sé lo que intentas decirme, o lo que te ha ocurrido en casa de la señora Barrington —dijo, pero parecía más calmada, y al mismo tiempo más indiferente hacia él de lo que nunca había estado durante su relación.

El profesor se dispuso a encender su pipa, y ella le observaba mientras daba con esfuerzo la primera calada.

—Me sentía tan al límite de mí mismo la semana en que murió —siguió él—. Tenía que hablar con alguien.

—Y yo no te bastaba —dijo ella.

—Tenía que hablar con alguien que no tuviera nada que ver.

—Y hablaste con Cliff Mason.

—¿Cómo lo has adivinado? —Dio una calada a la pipa.

—¿No es ahí donde querías llegar, si es que querías llegar a alguna parte? —exclamó ella—. No eres capaz de decir algo directamente. No, tienes que darle vueltas hasta que cansas y enloqueces a cualquiera que esté esperando a ver dónde quieres llegar. Bueno, ¿por qué no? Es tu profesión, hablar.

—En efecto, se lo conté a Cliff Mason —siguió.

—Y él guardó tu secreto.

—No tengo razón alguna para suponer que no lo hiciera. Justo después lo enviaron a Corea. Y si Cliff no me hubiera escuchado el día en que lo hizo, y da igual si entendió o no lo que le conté, creo, sí, creo que hubiera acabado con mi vida. Tenía una pistola.

Rosa se miraba las manos extendidas ante ella, pero él sabía que había escuchado lo que le acababa de contar con más aceptación que cualquier otra cosa que le hubiera contado en años. Si ella ya no le amaba, como a veces sospechaba, si ella le odiaba, quizás en este punto al menos hubo un momento de entendimiento.

—¿Cuánto le contaste? —le preguntó, dejando caer sus manos a los lados del cuerpo.

—Muy poco en realidad, que estaba enamorado de otra persona, que al mismo tiempo amaba a mi esposa, y que me parecía que había contribuido a acelerar su muerte con mi otro amor. Quizás lo entendiera en parte… No mencioné tu nombre, si eso es lo que te preocupa.

—Cliff Mason estaba en la universidad cuando yo cursaba el último año —dijo sin venir a cuento.

—Y luego, movido, supongo, por lo que yo le había contado, Cliff me contó algo, su propio secreto, podríamos decir, uno que tenía tan enterrado como yo el mío, aunque lo que me confesó parecía carente de seriedad … Sin embargo, lo que contó me resultó perturbador, y me resulta más perturbador hoy que entonces.

»Esta mañana, cuando no paraban de hablar en casa de la señora B. sobre lo que se podría escribir sobre Cliff en una conmemoración (cielo santo, menuda palabra), no pude evitar pensar que el secreto que me confió era lo único significativo que se puede decir sobre él, y sin embargo, la única cosa sobre la que nunca podría escribirse, y que su tía nunca comprendería lo suficiente como para ponerlo por escrito.

Acurrucada contra la enciclopedia más grande, Rosa Mannheim, a pesar de la estación, del calor, de la humedad, parecía enfundada en un abrigo grueso, con bufanda y orejeras.

—La señora Barrington no paraba de charlar sobre lo que unos y otros podían saber sobre Cliff y eso hizo que me pusiera nervioso, tanto como estar sometido a juicio en su casa. Y ella vio lo que me pasaba, creo. Supo, estoy seguro, que yo sabía algo sobre Cliff. Esa vieja, de forma instintiva, lo sabe todo sobre la gente. Su mirada puede resultar aniquiladora a veces. Y por supuesto, ese conocimiento no la ha hecho más comprensiva.

—¿Y qué es lo que la señora Barrington supo que tú sabías sobre Cliff? —preguntó Rosa Mannheim, disipados su sarcasmo y su resentimiento.

Él aspiró la pipa, sin mirar a su esposa.

—«Profesor Mannheim», aún puedo oír la voz de Cliff, «creo que la otra noche, estaba bebido y cogí algo de dinero que no me pertenece. En la fiesta de despedida que Willard Baker dio para mí».

—¿Había robado dinero? —preguntó ella con indiferencia.

—Llevaba encima cuatro mil dólares de los que no podía responder. Se ofreció a ir a por el dinero y enseñármelo, pero le dije que estaba seguro de que no lo había cogido de forma voluntaria.

»Su tío no estaba en la ciudad, tenía que cerrar algún contrato inmobiliario, ocurría a menudo, y el muchacho estaba solo. Dado que iba a ser reclutado por el ejército un par de días después, a Willard Baker se le ocurrió que sería divertido ofrecer a los muchachos una fiesta de despedida aquella noche, la celebración de su partida… Fue la primera vez que Cliff se emborrachó. Estaba todavía borracho en su cama, con la ropa puesta, cuando su tío regresó la tarde siguiente de su viaje de negocios. Incluso Boyd acabó por darse cuenta de lo que había ocurrido, dado que la ropa del chico apestaba a alcohol y a vómitos. Entonces, cuando el viejo intentaba ayudarle a ponerse un pijama limpio, los cuatro mil dólares se le cayeron del bolsillo de la chaqueta. Tanto Cliff como su tío estaban aterrorizados…

»Decidieron, dado que el tío estaba seguro de la inocencia del muchacho, que sería mejor no hacer nada y esperar hasta que alguien reclamara el dinero. Creo que al final Boyd lo puso en una caja fuerte, con una nota explicativa dentro. Nunca volví a oír una palabra sobre el asunto después de aquello. De hecho, he intentado olvidarlo. Y creo que hasta ayer lo había logrado. Luego, en casa de la señora Barrington, volví a recordarlo todo con gran claridad, hasta pensar que yo había tenido algo que ver con ello, y que finalmente se descubriría.

—Todos en la ciudad sabían que Willard Baker y Vernon Miller eran homosexuales —dijo Rosa, con la certeza de que esta aseveración lo explicaba todo—. Y me imagino que Cliff debía haberlo sabido también, al vivir tan cerca de ellos, y probablemente también sabía cómo se hizo con el dinero.

—No creo que Cliff supiera nada —dijo el profesor Mannheim, y su voz expresaba enfado y profundo desacuerdo.

—Francamente, me da igual —dijo Rosa, volviendo a su actitud anterior—. Me da lo mismo Cliff Mason y si obtuvo el dinero por error o accidente, y tampoco me importa si está muerto o vivo… Y te sugiero que tú también lo olvides. Te quedan cinco años para la jubilación. Cierra la boca y procura quedarte en casa, sin hablar con nadie, ése es mi consejo. Dale a Alma Mason los exámenes del chico, si tienes que hacerlo, y lávate las manos en lo que tenga que ver con este asunto. Si no, te lo advierto como alguien nacida y criada en esta ciudad: podría llegar a ocurrir con esto el equivalente a un linchamiento, contigo como objeto central.

—Gracias, Rosa —le dijo, pero estaba claro que había recobrado parte de su empuje y dignidad.

Percibiendo el cambio de actitud, Rosa se puso en pie y caminó hacia él con intención de decirle algo conciliatorio.

—Si no te importa —la detuvo en seco—, ¿podrías dejarme solo ahora? —No le dirigió la mirada—. Tengo que terminar un artículo —dijo con voz opaca.

Ella se dispuso a decir algo pero no llegó a hacerlo. Dejó caer los brazos desde su posición de súplica delante del pecho, salió del estudio.

Capítulo 11
Más cosas que hacer

Una semana después de las conversaciones de Boyd y Alma con la vieja monarca, Ed Shaeffer llevó a Alma, al comienzo de una mañana soleada, un sobrecito perfumado dirigido a la señorita Mason, con una nota de disculpa algo empalagosa en la que la señora B. explicaba que la habían llamado otra vez de Washington, pero que esperaba que todo se hubiera puesto ya en marcha para que Alma pudiera escribir su libro, y que si necesitaba que hiciera algo más, debía escribirle a Washington.

Alma no había acabado de examinar la nota cuando oyó el motor del Cadillac de la señora B. y espió desde la ventana a la vieja monarca que partía hacia la estación de tren.

Volvió a la mesa de trabajo, dejó sobre ella la nota, de fino papel de lavanda, y al hacerlo sus manos tocaron el libro de anotaciones. Lo abrió con desgana. Sólo unos pocos y vagos fragmentos le devolvieron la mirada. Cerró el cajón, y la tensión que sentía se alivió de inmediato.

Desde su entrevista con la señora B., Alma y Boyd no habían hecho otra cosa que discutir y pelear, y en el calor de las discusiones, ella había llegado finalmente a la preocupante y temible sospecha de que al plantearse escribir las memorias de Cliff se había dispuesto a realizar una tarea que no sólo era el colmo de la insensatez, sino que había logrado que todos los que vivían en su vecindario se comportaran como imbéciles. Su rostro y su pecho enrojecieron al darse cuenta de esta realidad. Al mismo tiempo sintió que todos sus vecinos, la señora B., Faye Laird, Clara Himbaugh, la señora Van Tassel, y desde luego el profesor Mannheim y Boyd, esperaban que ella escribiera algo, aunque fuera una página, y podría decirse que la obligación de escribir la biografía de Cliff se le hubiera adjudicado públicamente.

Por ello, el repentino éxodo a Washington de la señora Barrington suponía para Alma una especie de tregua y una oportunidad de respirar a sus anchas, y estaba decidida a dedicarse únicamente a las tareas placenteras del jardín, la cocina y la tienda de regalos.

Alma siempre se alegraba en secreto cuando la vieja monarca se iba y suponía que los demás vecinos se sentían igual.

Ahora podía pasear por su jardín y ocuparse de los arreglos que le parecieran necesarios, quitar las hojas muertas del macizo de mirtos, podar el seto, inspeccionar los tulíperos y el arbusto de madreselva sin sentir que los ojos de la señora B. la miraban con pena y condescendencia, y sin envidia alguna.

Mientras trabajaba esta mañana con los mirtos, notaba la presencia de Willard Baker, sentado en la mecedora de su porche delantero, con la camisa colonial abierta sobre pecho y estómago, cubierto de una alfombra de pelo rojizo que empezaba a encanecer.

De forma poco consciente, Alma se alegraba de que estuviera allí, puesto que pensar en Willard, por molesto que pudiera resultarle, suponía un alivio en comparación con pensar en el libro o en el profesor Mannheim, y divagar sobre los problemas de Willard le permitía dejar de preocuparse de los suyos.

Willard se daba aire utilizando un abanico de hojas de palma, que hacía que su camisa se moviera rítmicamente por efecto de la brisa que él mismo producía. Sólo a su tupé parecía no afectarle el aire del abanico.

Lo dejó a un lado para encenderse un puro. Luego se abotonó

parte de la camisa, y en sandalias bajó despacio los escalones del porche, y lanzó un saludo a Alma.

Ella levantó la vista de su trabajo y se lo devolvió, con más afabilidad de la que ninguno de los dos recordaba.

—Otro día de calor —le dijo.

Ella asintió y añadió:

—Se está un poco más fresco entre la hierba.

—Si no fuera por el aire —se quejó—. No se puede respirar.

Ella asintió de nuevo.

—¿Has visto salir a la señora B. a otro de sus viajecitos esta mañana? —preguntó Willard—. Supongo que habrá ido otra vez a Washington —soltó una risita.

—Sí, ha ido a Washington —Alma corroboró su comentario con seriedad.

—Ojalá yo pueda corretear así cuando tenga noventa. —Se rió de nuevo.

—Es una mujer admirable. —Alma empezó a retirarse, ahora que Willard se erguía a su lado.

—Por supuesto, toda su vida le han hecho las tareas, siendo como es una heredera, ya sabes. Con todo ese dinero y todos esos sirvientes… —Se fijó en la herramienta cortante que Alma tenía en la mano para arrancar las malas hierbas—. Supongo que todo lo que ha hecho ha sido a modo de entretenimiento. Y en cuanto se cansa de una cosa, la deja y pasa a otra.

Alma reflexionó sobre esto.

—Se basta a sí misma, eso es cierto.

—¡Exacto! —Willard mostró satisfacción al ver que estaba de acuerdo—. No creo que nunca haya necesitado a nadie. Desde luego, no a su marido.

Willard esperó, quizás, a que Alma digiriera este comentario. Como no contestó, siguió hablando:

—Desde luego, se preocupa de sus nietos y de sus bisnietos. Pero ellos son sólo una más entre otras miles de cosas en las que se interesa. Su vida es corretear. La gente le sirve de excusa para corretear de un lado a otro.

Alma se rió a pesar de que Willard hablaba en serio.

—Sabes —siguió animado—, su marido había querido ser pintor antes que abogado de empresa. Al menos eso decía a sus amigos. Ella le hizo ver que tenía que ser abogado. Él siempre se quejaba de que casi nunca sabía dónde estaba ella, mientras que ella, por supuesto, siempre sabía dónde estaba él: en la oficina de abogados de la empresa.

—A casi todos se nos ha olvidado que hubo un señor Barrington —observó Alma.

—Yo creo que a ella también —Willard guiñó un ojo con cierta malicia.

Alma se retiró un poco hacia atrás, y luego, con la cabeza erguida, le dijo:

—Me imagino que tú también te irás a Michigan dentro de poco —se refería a sus vacaciones anuales de verano.

—La verdad es que ya estamos haciendo las maletas, Vernon y yo. O al menos él. —Y Willard movió la cabeza bruscamente en dirección a la planta de arriba de su casa—. Mañana nos habremos ido. Sin embargo, a veces me pregunto, Alma, si sigue habiendo algún lugar fresco en Estados Unidos cuando el verano se instala.

—Supongo que lo principal es estar ocupado —dijo Alma, casi inaudible.

—Hablando de estar ocupado —comenzó a decir, y luego se detuvo a causa de una tos violenta—. ¿Cuándo os vais a tomar unas vacaciones tú y Boyd?

—No trabajamos tan duro como para necesitar vacaciones —bromeó.

Ambos soltaron una carcajada un tanto ruidosa.

La puerta de la señora Van Tassel se abrió y Minnie Clyde Hawke bajó por el camino, con la cara generosamente cubierta de polvos blancos y la boca pintada de forma desigual con lápiz de labios rojo. Hoy llevaba el bastón de forma relajada, como un paraguas, y no miró hacia ellos, que no pudieron evitar mirarla.

—Minnie —Willard movió la cabeza de forma significativa.

Alma quitó un poco de tierra del rastrillo y la dejó caer sobre el macizo de mirtos. Arrastró el rastrillo hacia ella con gesto nervioso y luego, dándose cuenta del peligro de sus puntas afiladas, lo alejó de su cuerpo.

—Me pregunto, Alma, si podría pedirte un gran favor.

Bajó la voz y tocó con cuidado el brazo desnudo de ella.

Su sorpresa le impidió responder.

—No lo hagas, por supuesto, si no quieres. Pero siempre pienso en ti y en Boyd como las últimas personas de verdad que quedan por aquí...

—Me alegraré de hacerte un favor si es que puedo —respondió Alma ante la evocación de los años de vecindad y de los viejos tiempos, pero se sentía insegura.

—Bueno, no es ningún misterio ni nada que haya que temer. Se trata de mi correo. No me gusta pedirle a Clara Himbaugh que lo haga todos los años. Me sentiré menos obligado hacia ella si no lo hago. Ya sabes, Alma, que casi me convenció de que entrara en la Iglesia de la Ciencia, creo que sólo por devolverle el favor de hacerse cargo de mi correo. Pero ahora me gustaría echarme atrás.

Alma se rió.

—Estaré encantada de reenviarte el correo —exclamó, llena de entusiasmo ante la idea de plantarse entre Clara y un posible converso—. No tenía ni idea de que también intentaba convertirte a ti, Willard.

—Me temo que soy un objetivo fácil —se rió Willard, y volvió un momento la mirada en dirección a su casa.

—También anda detrás de Faye —comentó Alma.

—A ella sí podría convertirla —Willard guiñó un ojo.

—Me temo que tienes razón.

—Bueno, nosotros no podemos impedir que la gente se una a la iglesia equivocada, ¿eh, Alma? —Willard se rió de nuevo y esta vez llegó hasta ella el olor a alcohol de su aliento.

Logró sonreír, expresando su acuerdo.

—Aunque contigo no creo que tenga ninguna posibilidad —siguió Willard—. Ni con la señora Barrington. Ambas sois mujeres de voluntad férrea. —Rozando brevemente el brazo de Alma, añadió—. Si me esperas un minuto, te traeré las llaves de la casa y del buzón.

Alma asintió.

Volvió al momento con un juego de llaves que, a juzgar por el aspecto reluciente, debían estar recién hechas. Le entregó también un trozo de papel en el que había escrito su dirección de Michigan.

—Y si te cansas de estar sentada en casa con Boyd —le dijo Willard—, ven a casa, date una vuelta, estira las piernas, enciende el televisor, lo que te apetezca. El armario de las bebidas también se queda abierto, Alma.

Volvió a guiñarle un ojo, conociendo su postura ante el alcohol.

Súbitamente se quedó callado y juntando los pies en una especie de actitud militar, se forzó a decir:

—Vernon está seguro de que Cliff volverá, Alma.

Viendo su impasibilidad ante el cambio de tema, y la mención inesperada de Vernon, añadió con voz casi inaudible:

—Cliff y Vernon eran casi de la misma edad, y tenían cierta amistad.

—Espero que tenga razón —dijo ella distraídamente.

—Por supuesto que la tiene. Casi siempre tiene razón en todo, aunque nadie lo cree aparte de mí.

—Siempre es bueno tener un amigo —Alma se giró alejándose de él— en el que poder confiar.

—Creo que Vernon es mi iglesia personal.

Willard volvió a reírse.

De repente tosió con tal violencia que Alma estuvo a punto de preguntar si necesitaba que le trajera algo.

—Esto —explicó Willard sobre su tos— es lo que mi madre llamaba un catarro de verano.

Se limpió la boca con un pañuelo y giró la cabeza hacia otro lado.

—Combinado en todo caso —volvió a girar la cabeza— con una vejez galopante.

—No empecemos con eso —se burló Alma, pero en su voz había interés y preocupación.

—Alma, pareces más joven que hace cinco años —le dijo Willard. La expresión casi infantil de placer en la cara de la mujer fue su forma de darle las gracias.

—¿Seguro que ocuparte de mi correo no te supone un problema?

—Es lo que necesito —dijo ella—. Más cosas que hacer, Willard —y entonces se le vino a la cabeza, casi con pánico, la conmemoración inacabada.

—Adiós, Alma.

Extendió su mano hacia las de ella.

—Que descanses bien, Willard —dijo ella, y mientras le miraba, pudo recordar de nuevo, como si estuvieran delante de sus ojos, las caras de su hermano Joe, el viejo doctor Baker, y de la señora Baker, con el aspecto que tenían todos ellos, sentados en el porche delantero un día de verano. Dejando atrás ese recuerdo, volvió a mirar a Willard un momento, el tupé, las profundas arrugas de su cara, la camisa cubana. El paso del tiempo, pensó, era tan curioso… Las cosas cambiaban imperceptiblemente al principio, y luego se hacían irreconocibles.

Dos días después de la charla, Willard Baker y Vernon salieron de viaje en su ranchera con dirección a Michigan. Willard, que ya nunca conducía, iba saludando a todo el que veía al cruzar Peninsula Drive, y no pudo evitar hacer su broma habitual de que ahora Rainbow sería un lugar mucho más limpio sin él, y el alcalde podría volver a pasear por las aceras al atardecer.

Alma había oído el motor de la ranchera al alejarse, pero no levantó la vista del fregadero, dejando las manos en la espuma, hasta que el silbato de mediodía de la fábrica la sacó de su ensoñación.

Sus ojos percibieron el reflejo de las llaves que Willard le había dado, colgadas de un clavo cerca de los fogones, donde su superficie metálica recién cortada reflejaba la luz y, a veces, cuando Alma entraba en la cocina corriendo, la sorprendían, casi cegándola, con su destello intermitente.

En el jardín se oían los graznidos de los arrendajos, que parecían no detenerse nunca, y con el calor llegaba el olor acre de la preparación del ketchup en toda su intensidad.

—No tenía ni idea de que Cliff fuera amigo del tal Vernon Miller —le dijo Alma a Boyd durante la cena la tarde de la marcha de Willard.

Boyd se había limitado a emitir un gruñido cuando Alma le dijo que había aceptado hacerse cargo del correo de Willard. Pero cuando mencionó a Vernon, lo ignoró.

Ella repitió el comentario, y Boyd hizo su habitual gesto de pasarse la mano rápidamente junto a la oreja, dando a entender que no había oído, pero que tampoco hacía falta que se molestara en repetirlo.

—Creo que va siendo hora de que te hagas las pruebas para un audífono —le gritó.

—Porque tú no necesitas uno, claro —le gritó él a su vez.

—¡Yo al menos escucho las cosas cuando me las repiten!

—Cuando se trata de ciertos temas, prefiero estar sordo.

Esa noche fue Alma quien acabó primero su cena; Boyd achacó su falta de apetito al calor y al maldito olor del ketchup.

—Nos pasamos el año deseando que llegue el verano —dijo Alma—, y cuando llega, sólo nos fijamos en lo negativo.

—La fábrica debería estar a un kilómetro bajo tierra —se quejó Boyd, poniendo la servilleta en la anilla, y excusándose.

Con la llegada del final del verano y la partida de la señora B. y de Willard, Alma se sentía desganada con respecto a casi todo lo que no fueran sus quehaceres en la cocina y el jardín, y el encargo de recoger y reenviar el correo de Willard.

Dejó que Cliff y su memoria pasaran al fondo de sus pensamientos en una especie de gesto de autoprotección. Esperaría al otoño, se dijo, y a sus tardes frescas.

El volumen y número de cartas que recibían Willard y Vernon Miller le asombraba. Había olvidado, si es que alguna vez lo supo, que se pudiera recibir tanto correo personal. Le sorprendía en especial el correo procedente del extranjero: Marruecos, España, Japón, India, algo menos de Francia y Alemania.

Intentó interesar a Boyd en los sellos de correo de otros países, pero puede que no la oyera o que de nuevo fingiera no hacerlo.

Al final de las primeras dos semanas, habían llegado casi cincuenta cartas para los dos hombres. Alma llevó el correo a la oficina postal para su reenvío.

Al encontrarse con tantas horas libres y sin otras obligaciones, Alma decidió dedicar algo de tiempo a limpiar la casa de Willard.

La primera semana le tocó a la planta baja. Regó las plantas y ordenó la cocina, necesitada de un buen repaso.

A la semana siguiente empezó con la de arriba.

El dormitorio más bonito y espacioso, el que había pertenecido a la anciana señora Baker, lo encontró inexplicablemente cerrado, y al girar el pomo, vio que la puerta estaba cerrada con llave y asegurada con una cadena desde el interior. Incluso empujando con fuerza, la puerta se negaba a moverse.

Alma supuso que Willard guardaba cosas de valor en aquella habitación, y no pudo evitar pensar que estaba mal que las dejara allí, si es que era así, por mucho que cerrara la puerta con llave.

Al salir por la puerta delantera de los Baker, Alma se encontró frente a frente con Clara Himbaugh. Se saludaron la una a la otra casi con efusividad, y Alma se sintió aliviada al ver que Clara no mostraba resentimiento porque no le hubieran pedido a ella que se ocupara del correo de Willard. Para mayor tranquilidad de Alma,

Clara le contó que iba a pasar el resto del verano en Boston para realizar cursos y formación intensiva en la sede central de su iglesia.

Clara iba a continuar su camino, cuando Alma, sonrojándose un poco ante su propia curiosidad, le preguntó:

—¿Sabes por casualidad por qué la antigua habitación de la madre de Baker está cerrada a cal y canto?

Clara se detuvo en seco, sorprendida quizás por lo que parecía una actitud de fisgoneo. Alma pudo ver que Clara dudó un momento antes de contestar.

—Ésa es la habitación de Vernon —dijo al fin—. Creo que guarda algunas cosas de valor traídas de otros países.

—¿Vernon tiene la antigua habitación de la señora Baker? —Alma no pudo evitar el comentario.

—Willard no la quería —contestó Clara escuetamente.

—Siento no haber tenido tiempo de conocer de verdad al joven Vernon —dijo Alma, un tanto avergonzada.

—Ha tenido que pasar por mucho —observó Clara, y Alma notó que no había sido ajena a los problemas del joven.

—¿Vernon conocía a... Cliff? —preguntó Alma con despreocupada indiferencia.

—Se veían de vez en cuando, creo —replicó Clara, mostrando más certeza en esta cuestión que en otras—. Pero no mucho —se mostró segura.

—Sigue siendo una casa tan bonita... —Alma suspiró mirando hacia atrás, mientras las dos se alejaban juntas—. Por aquel entonces se construía mejor. Esos suelos de roble en la planta baja, las chimeneas, las repisas de mármol, y todo lo demás.

Clara asintió, pero se notaba que su mente no estaba en la casa ni en los materiales, y Alma supuso que pensaba ya en su próxima visita a Boston.

Capítulo 12
Holocausto

En su cama, desde la que se veía la casa de Willard Baker, iluminada desde el interior por la débil luz de una lámpara que pretendía disuadir a los ladrones, Boyd se resignó a pasar una noche de insomnio irremediable. El deprimente parpadeo de la lámpara en la distancia le devolvía imágenes medio olvidadas de la familia Baker y de la dolorosa tragedia final de la que sólo Willard se había salvado, quien, a causa de su carácter y de sus extravagancias, parecía no tener relación con el apellido ni con la casa, de forma que se asemejaba más a un ocupante ilegal que a un heredero.

Boyd culpaba de su falta de sueño al mal humor que le producía el hecho de que Alma se hubiera dejado enredar en los asuntos de Willard, incluso aunque se limitara a su correo, y de paso el de Vernon Miller, mientras estaban fuera. Los dos hombres le inspiraban temor y recelo hasta el punto de desear que ocurriera algo que les impidiera volver de Michigan. Luego, avergonzado y hasta sorprendido de desear tal cosa, rezó entre dientes una especie de oración para pedir perdón a quienes quiera que fueran los poderes que controlaban el universo.

El reloj del juzgado dio la una.

De forma inesperada, le asaltó un pensamiento que durante mucho tiempo intentó apartar a la fuerza de su mente: el misterio de los cuatro mil dólares que Cliff le había confiado antes de su partida.

Sabía de forma confusa, pero casi con total seguridad, que debía estar relacionado con la lacra que era Willard Baker y, sin embargo, al haber cerrado siempre los ojos ante tales cosas, Boyd era incapaz de encontrar una conexión o una razón por la que el dinero hubiera acabado en manos de Cliff. Todo este asunto le resultaba a la vez absurdo y significativo. Sabía, no obstante, con toda certeza, que su sobrino era inocente de cualquier malicia.

Al mismo tiempo, los cuatro mil dólares eran su vínculo más fuerte con Cliff. Era el único secreto que habían compartido, en realidad el momento en el que habían estado más cerca el uno del otro, el día en que al quitarle la chaqueta a su sobrino, que apestaba a vómito, había recogido del suelo los billetes, ante la mirada incrédula del chico. Cliff nunca habría confiado en su tía en un momento así, es decir, nunca habría podido convencerla de su inocencia, y Boyd guardó celosamente este secreto como su única prueba de que a Cliff le importaba más él que ella.

Luego, como quizás nunca había hecho antes, Boyd se dijo a sí mismo con palabras claras, repetidas una y otra vez en la oscura iluminación del insomnio, que le habría gustado, que habría dado cualquier cosa, por que Cliff fuera su hijo. Ahora podía admitirlo. Su antiguo e intenso deseo de tener un hijo, que la rutina de la vida había amortiguado pero no saciado, se reafirmó de repente con la claridad de una explosión en el espacio.

Un dolor atroz en el pecho le hizo salir de la cama.

Caminó descalzo con cuidado de no hacer ruido a pesar de su dolor para que Alma no se despertara y tuviera que pasar por el penoso trance de explicarle la razón de su insomnio.

Con el repentino impulso del instinto, se dirigió a la caja fuerte. Los cuatro mil dólares seguían allí. Apretó con fuerza los billetes entre las puntas de sus dedos, y luego los devolvió a la seguridad de la caja. De una forma poco clara, el hecho de que el dinero siguiera allí después de todo este tiempo significaba que Cliff seguía vivo, a pesar de todos los meses que llevaba esforzándose en esconder a Alma su propia y profunda falta de esperanza.

La inesperada claridad de sus sentimientos hacia Cliff consiguió aliviar un poco su dolor, y le permitió volver a intentar dormir.

Mientras se hundía en la inconsciencia del sueño, sintió por primera vez desde que recibieron el telegrama informándoles de la «desaparición» de su sobrino, la certeza de que verdaderamente volvería. ¿Qué otra razón, pensó, le quedaba para seguir viviendo, si no el regreso de Cliff?

En su sueño, Boyd vio caer una bomba de hidrógeno sobre Rainbow.

Al sentarse en la cama vio que realmente había algún tipo de resplandor procedente del otro lado del camino. Entonces, centrando sus ojos sobre un punto en la oscuridad, no le quedó duda alguna. La casa de Willard Baker, al parecer una habitación de la planta de arriba, estaba ardiendo. La luz parpadeante que habían dejado para evitar los robos se confundía con la iluminación general de las llamaradas.

Se puso los pantalones sobre el pijama.

Mientras corría hacia la escalera, chocó contra una cómoda de la entrada, y el golpe lanzó escaleras abajo una vieja jarra de cuando no había agua corriente.

Alma se despertó y salió de la cama casi al momento, vestida con un kimono que había pertenecido a su madre.

—¿Qué diantres te pasa que te levantas así? —exclamó.

—La casa de los Baker está ardiendo —logró decir Boyd mientras se esforzaba en respirar a través del persistente dolor de su pecho.

—¿Sabes dónde están las llaves de la casa? —concentró en él su mirada.

Él se detuvo como si intentara recordar dónde estaba.

—Las llaves están en la cocina —le informó—. ¿Me oyes?

Él asintió.

—Yo llamaré a los bomberos mientras tú abres la puerta de la casa. —Siguió mirándole con inquietud mientras se alejaba de ella.

Unos minutos después, al abrir la puerta de los Baker, Boyd sintió cierto alivio al comprobar que las llamas no estaban del todo fuera de control y aún se limitaban a la habitación del piso de arriba.

Se apresuró a subir las escaleras resoplando y jadeando sin aliento.

El incendio se había producido en la habitación grande que había pertenecido a la señora Baker. Boyd intentó abrir la puerta, pero la habían cerrado como si se tratara de la caja fuerte de un banco.

—El muy idiota de Willard —murmuró.

—No intentes abrir esa puerta —oyó la voz de Alma detrás de él—. Debía haberme imaginado que sería ésta —siguió—. Está cerrada con dos vueltas de llave, un pestillo y sabe Dios qué más. Iré a por algo para derribarla…

Alma desapareció en el piso de abajo.

Boyd siguió maldiciendo para sí mismo, apoyándose sobre la pared para mantenerse en pie.

—¿Has llamado a los bomberos? —preguntó, al escuchar que ella subía la escalera. Cuando la vio llegar, la miró sorprendido. Venía armada con un hacha.

—Tendrías que verte —se rió débilmente.

Se ofreció a cogerle el hacha, pero ella le indicó que se apartara.

—No hagas sobreesfuerzos.

Escudriñó la cara de su hermano, luego apartó la mirada.

Alma golpeó la puerta con porrazos lentos y torpes pero decididos, mientras Boyd, que se había alejado hacia atrás, sacudía la cabeza para expresar sus dudas.

Ella, impaciente, empezó a golpear la puerta a la altura de la cerradura con creciente vehemencia.

Con un crujido espeluznante, la puerta cedió y se abrió ante la furia del último ataque de Alma.

En el interior de la habitación, las llamas ascendían con fuerza desde una papelera, que a su vez había incendiado las cortinas. El fuego casi había acabado con las cortinas y las llamas lamían ahora el papel pintado, de color azul pálido.

La habitación mostraba evidencias de ser utilizada como una especie de estudio artístico. Había un caballete, pinturas, modelos anatómicos y algunas reproducciones de estatuas del Renacimiento. Pero sus ojos se posaron en algo que las llamas dotaban de una vitalidad deslumbrante, y que por un momento les privó del habla.

Una serie de fotos de tamaño casi real de su sobrino, expuestas a lo largo de las paredes de la habitación colgadas de alambres, pasó rápidamente ante sus ojos produciéndoles una sensación de mareo entre los reflejos y la consumación del fuego. Por qué razón no habían visto las fotografías enseguida, no lo sabían. En combinación con las llamas y la avanzada hora de la noche, Cliff parecía, mientras ardía en el incendio de la habitación, a punto de hablar, con su única mano visible extendida hacia ellos, en un elocuente gesto de oratoria, como si estuviera vivo.

Fue un quejido de Boyd lo que devolvió a Alma a la realidad.

Yacía doblado de dolor en el suelo.

—Por Dios, Boyd, ¿qué te ocurre? —dijo ella, inclinándose sobre él.

Desde abajo les llegó el ruido de pesadilla de los camiones de bomberos y el sonido impreciso del resto de la ciudad al despertarse intranquila.

Dos bomberos entraron en la habitación mientras Alma se hallaba arrodillada junto a su hermano.

—¿Puede ayudarme uno de ustedes? —dijo cuando se acercaron a ella—. Creo que es su corazón.

Alma se giró al sentir que alguien le tocaba el hombro, y encontró la cara pálida y tensa de Faye Laird.

La recuperación de Boyd de su ataque al corazón fue lenta, pero en conjunto supuso un periodo agradable para él y Alma.

Cómodamente instalado en una amplia habitación de la planta de abajo que antes servía de almacén, pudo entregarse por fin a las pequeñas tareas tediosas que llevaban tiempo en espera, mientras que disfrutaba del placer de abandonarse por primera vez en su vida.

Alma también estaba contenta con tener que ocuparse de Boyd, porque tenía por fin una tarea a la medida de su tiempo y energía, y su habitual irritabilidad y exigencia desaparecieron con su función de enfermera.

El diagnóstico médico fue que había sufrido un ataque leve de angina de pecho, y el doctor añadió que Boyd, con los cuidados adecuados, pronto estaría activo y en pie y otra vez como nuevo.

El incendio en la casa de Willard Baker no había sido demasiado grave al final, aunque casi todo lo que había de inflamable en la habitación había sido dañado o destruido, incluidas las inexplicables fotografías de Cliff, de las que nadie hablaba.

En cuanto Alma estuvo segura de que Boyd sobreviviría, telegrafió a Willard comunicándole lo ocurrido, pero a petición de Boyd había añadido a su mensaje que no debían interrumpir sus vacaciones bajo ninguna circunstancia, y que si enviaba instrucciones, ella se ocuparía de todo lo relacionado con el incendio. Fue Vernon Miller quien contestó a su telegrama con otro, informándole que Willard no se encontraba en buen estado y que de todas formas se quedarían en Michigan hasta que dejara de hacer calor. Vernon le agradecía su diligencia, y le enviaba, lo que le irritó bastante, un cheque de veinticinco dólares, «por las molestias».

Una tarde, aproximadamente un mes después del incendio, Faye Laird, la señora Van Tassel, y Clara Himbaugh (esta última había retrasado su viaje a Boston porque sus obligaciones requerían su presencia más cerca de casa) estaban de visita en casa de Alma y, por tanto, disfrutando de café y pastel.

Ya habían hablado de la asombrosa recuperación de Boyd, y habían surgido algunas preguntas incómodas sobre las fotografías de Cliff en la habitación de Vernon Miller, cuando una auténtica novedad ocurrida en el vecindario reclamó su plena atención. Se trataba de la conversión de Minnie Clyde Hawke.

Dos o tres semanas después del incendio en casa de los Baker, la señora Hawke había bajado al puente del ferrocarril sobre el río, y en un gesto breve y ostentoso observado sólo por algunos chicos negros y dos o tres trabajadores ferroviarios, había tirado su bastón al riachuelo de escaso caudal que pasaba por debajo. Luego, había extendido sus brazos hacia el sol poniente y caminando con paso decidido había regresado con la cabeza alta a casa de la señora Tassel.

Desde ese día, la señora Hawke no había ingerido una gota de licor y, como le contó a Clara Himbaugh, no tenía más intención de volver a hacerlo que de enfrascarse en un viaje a la luna.

Alma se quedó un tanto perpleja por la conversión, por no decir decepcionada, y añadió con sequedad:

—Sólo espero que sea una cura duradera.

—Estoy segura de que lo es —dijo la señora Van Tassel, elevando la voz—. Ya no es la misma persona, ha cambiado de la noche al día.

Clara Himbaugh sonrió y entornó los ojos.

—Su actitud y su aspecto se han transformado.

La señora Van Tassel continuó con su elogio a la señora Hawke, y era fácil ver que no estaba acostumbrada a conversiones.

Faye y Alma intercambiaron miradas, pero la casera de la señora Hawke continuó.

—Y también a mí me ha cambiado la vida. Siempre estaba preocupada por miedo a que incendiara la casa. Ya veis que fumaba como una chimenea, además de su afición a la bebida, y ¿sabéis que creo que ya tampoco fuma?

Faye Laird desvió la mirada ante la mención del tabaco y sorbió su café.

Cuando las tres mujeres dirigieron la mirada a Clara, como una especie de alabanza tácita por su victoria al empujar a la señora Hawke a una vida mejor, Clara se limitó a decir:

—Ha sido obra del Gran Creador, señoras. Yo sólo he sido el intermediario sin importancia utilizado para su cura.

—Has trabajado con Minnie Hawke noche y día —dijo Alma, corrigiéndola.

Clara sonrió, y le dio a Alma unas palmaditas en el brazo.

—Querida mía —le dijo.

—Sin Clara, seguro que nunca se habría producido este milagro —la señora Van Tassel añadió lo que parecía el comentario final.

Alma insistió en cortar otro trozo de su pastel veteado para cada una, mientras ellas protestaban que no podían comer ni un bocado más. Sin embargo lo aceptaron, refunfuñando para ocultar su deleite.

De vez en cuando, Boyd se pasaba por allí, añadiendo un comentario gracioso o burlón a sus cotilleos, para mayor diversión de todos.

Hablaron brevemente de la salud de la señora Laird, y se mostraron de acuerdo en que el verano era duro tanto para los enfermos como para los sanos. Alabaron el buen criterio de Alma de dejar a un lado el libro que estaba escribiendo sobre su sobrino hasta que se suavizara el calor, aunque afirmaron que eso ocurriría antes de que se dieran cuenta, para calificar luego el tiempo que hacía en Rainbow de absolutamente agradable.

De repente todo lo que ocurría en el mundo parecía positivo, y la señora Van Tassel, causando un cierto asombro en todos los presentes, contó que había asistido a una conferencia en el salón de actos de los Caballeros de Pitias donde nada menos que el profesor Mannheim había hablado sobre el tema «¿Puede el intelectual americano alcanzar su mayoría de edad?».

Alma iba a decir que no sabía que la señora Van Tassel asistiera a conferencias universitarias, pero se lo pensó mejor.

Todo el mundo se preguntaba también por qué la señora Barrington seguía en Washington si era el peor lugar del mundo al que acudir en verano.

—Me ha dicho una persona en la que confío —comenzó vacilante la señora Van Tassel, puesto que era enemiga de la murmuración injustificada— que cierto estadista mayor de la capital confía mucho en la amistad de la señora Barrington, y que incluso le haría feliz que ella decidiera establecerse allí.

Exclamaciones de placer e incredulidad siguieron a la afirmación de la señora Van Tassel, pero todas estuvieron de acuerdo en que la señora B., tuviera o no posibilidades de casarse, nunca se sometería otra vez al yugo el matrimonio.

Todas se habían levantado y estaban despidiéndose, subiendo cada vez más la voz, cuando Faye atrajo la atención de Alma para indicarle que un repartidor de Western Union esperaba junto a la mosquitera.

—¿Por qué demonios no ha llamado al timbre? —exclamó Alma, la cara enrojecida aún por las risas; recogió el telegrama de manos del muchacho y le dio las gracias.

—Supongo que será otro mensaje de Willard —les dijo a las demás—. Seguramente no estará satisfecho con la forma en la que estoy cuidando de sus asuntos —se burló.

—Willard nunca te criticaría —bromeó Clara, adoptando el espíritu del comentario de Alma.

La alegría y las sonrisas de Alma se quedaron congeladas en su cara, que adquirió un aspecto peculiar, entre estúpido y enigmático. ¿Se trataba de una enorme sorpresa, o de qué? Ninguna de sus amigas había visto antes aquella expresión en el rostro de Alma, y su singularidad las acalló.

Faye se acercó a Alma, como si comprendiera lo que ocurría.

—No debemos dejar que Boyd conozca el contenido de este telegrama, amigas mías —les dijo Alma—. Ni una sola sílaba. —Entregó el mensaje a Faye.

Todas las señoras se agruparon en torno a Faye Laird.

El telegrama, muy conciso, procedía del Ministerio de la Guerra e informaba a la señorita Alma Mason de que la muerte de su sobrino Cliff Mason había quedado probada definitivamente, y de que se le haría llegar más información cuando la tuvieran.

Mientras las señoras leían el telegrama, Alma fue con cuidado a la puerta de la habitación de Boyd, miró dentro y luego cerró la puerta.

—Afortunadamente, está durmiendo —comunicó Alma a sus amigas.

—¿No crees que deberías sentarte, querida? —le preguntó la señora Van Tassel, tocando ligeramente el hombro de Alma.

—No, creo que no —replicó Alma, con la voz contenida y algo estricta que había utilizado en sus clases en momentos de crisis disciplinaria.

—Ahora tengo que pensar en Boyd —explicó Alma—. Por él, no me puedo permitir no ser fuerte. Durante su convalecencia —se esforzó en explicarles esto—, cuando estaba quizás algo fuera de sí, llamaba una y otra vez a su sobrino. Hasta entonces no me había dado cuenta cuánto había llegado a significar Cliff para él. Era como un hijo para Boyd… Creo que entonces me di cuenta de que fue Boyd quien se preocupó más por él, mientras que, ya veis, era yo quien siempre hablaba y hablaba… e iba a escribir un libro.

Las señoras, de pie como los miembros de un coro parroquial que acaban de cantar un himno, no dijeron nada, silenciadas tanto por la evidencia repentina del coraje de Alma como por el mensaje demoledor del telegrama. Lo que hubiera en Alma de débil o quejumbroso o inseguro había desaparecido y sólo quedaba su fuerza.

—Yo simplemente esperaba contra toda esperanza —dijo Alma—. Pero lo que esperaba no pudo ser.

Faye Laird devolvió a Alma el telegrama, y Alma lo cogió y dobló con cuidado.

—Sin embargo, en cierta manera, señoras —siguió Alma con voz clara y fuerte—, me alegro de que haya acabado, y también de que Cliff pueda volver ahora a casa de una manera o de otra. Ahora sabremos dónde está.

Como para compensar el hecho de que Alma no pudiera llorar, los sollozos cortos y controlados de la señora Van Tassel rompieron el silencio que siguió a las palabras de Alma, y a ellos se unieron el lamento entrecortado de Faye y las lágrimas silenciosas de Clara Himbaugh.

Cuando se hubieron recobrado un poco, todas besaron a Alma y le prometieron volver esa tarde. Se fueron, una por una, porque veían que ahora necesitaba quedarse a solas con la noticia.

Capítulo 13

Propuesta de matrimonio

Una tarde a última hora, una semana después, tras dar a Boyd su medicina y un sedante, y besarle en la frente, Alma se sentó en la mecedora de su madre situada en la habitación contigua y se puso a escuchar la radio, bajando la voz a un simple susurro para no molestar a su hermano.

Tras dormirse arrullada con la música de una orquesta de cuerda, Alma se despertó sobresaltada dando una sacudida a su silla con la impresión de que un hombre había entrado en la habitación y le había dicho que Willard Baker y Vernon Miller habían resultado gravemente heridos en un accidente de coche.

Entonces se dio cuenta de que lo que estaba oyendo era una noticia sobre un accidente en la radio. El locutor repitió la historia de un grave accidente, pero ella no pudo escuchar los nombres de los implicados y un chisporroteo de estática ahogó la voz del comentarista.

Tan vívida había sido la impresión de haber escuchado los nombres de Willard Baker y Vernon Miller, que intentó captar las noticias de otras emisoras cercanas, pero todas estaban acabando el informativo. En la local de Rainbow ya había terminado.

Regresó a la cocina y miró hacia la casa de los Baker. La luz nocturna que ella misma había conectado un poco antes estaba encendida y apenas se notaba que había habido un incendio. La antigua habitación de la señora Baker ya había sido reparada en parte y la habían empapelado de nuevo, por lo que pronto volvería a estar habitable.

Alma decidió que sin duda se había imaginado haber oído el nombre de Willard en la radio por su preocupación por la casa y después de recibir la noticia de la muerte de Cliff.

Pero ahora no tenía ganas de irse a la cama. Se sentó en la silla, con la radio encendida aunque en voz baja. A ratos se adormilaba en un sueño intermitente e intranquilo.

El ruido del motor de un coche la despertó. Prestando atención, escuchó pasos que se aproximaban por el camino hasta su puerta. La claridad de su sonido le recordó lo tardío de la hora.

Inquieta, se puso en pie y se dirigió a la puerta. Encendió la luz del porche y miró hacia fuera a través de las cortinas. Entonces reconoció a Faye Laird.

—¿Qué haces fuera de casa a estas horas? —exclamó Alma mientras abría la puerta.

—¿Te molesta mucho que haya venido? —preguntó Faye.

Dado que Alma, distraída por la apariencia demacrada de la joven, no respondió enseguida, Faye siguió hablando:

—He visto tu luz encendida, si no, no se me hubiera ocurrido molestarte.

—¿Te pasa algo? —replicó Alma.

—No debería haber venido —dijo Faye entre dientes, como para sí misma.

—¿Por qué dices eso? —Alma había recobrado su compostura—. No podemos llevar nuestras cargas en soledad —añadió, pero al decirlo se puso muy pálida—. Siéntate aquí, Faye. —Hizo un gesto indicando la silla que ella había ocupado minutos antes.

Sin moverse, Faye dijo:

—Se trata de Willard Baker y Vernon Miller.

—Lo sé, Faye —le dijo Alma, más para detener la creciente tensión emocional de Faye que para impedir que siguiera hablando.

—Willard está muerto y Vernon puede que no sobreviva —dijo entonces Faye, como si se lo contara a sí misma.

—Faye —murmuró Alma—. No lo sabía, sólo me lo imaginé. Por favor, dime qué ha ocurrido.

Faye no mostró sorpresa alguna ante el cambio de sentido en la afirmación de Alma.

—Acabo de volver del hospital de Mount Pleasant —explicó la joven—. Me telegrafiaron esta tarde. Me fui sin decírselo a nadie de aquí. Fue un choque frontal contra un camión, un conductor bebido, creo. No fue culpa de Vernon… Willard murió en el acto. Habían decidido volver en un impulso. Vernon estaba preocupado por el incendio y por las cosas de su habitación que el incendio había destruido.

—Yo iba a hacer que les repararan la habitación —dijo Alma—, de forma que apenas habrían notado lo ocurrido.

Faye asintió.

—No puedo hacerme del todo a la idea —comentó Alma.

—Debería haber esperado hasta mañana para decírtelo —volvió a disculparse Faye—. Pero no tenía nadie más a quién contárselo.

—No sé por qué sigues diciendo eso —dijo Alma en un instante de enfado—. Has venido al lugar correcto, y yo soy la persona con la que tienes que hablar. ¿A quién más tienes aquí?

—Tú tienes tanta compostura, Alma.

—No —replicó Alma—. Es sólo que me da miedo dejarme llevar.

—He venido llorando todo el camino —explicó Faye.

Alma se cubrió los ojos con la mano, pero no porque estuviera llorando.

—Alma —la voz de Faye recobró su firmeza y resolución—. Hay otra cosa que tengo que contarte. Quizás es por eso por lo que necesitaba verte esta noche, quién sabe.

—Adelante —dijo Alma, cansada.

—En el hospital —Faye se esforzaba en encontrar las palabras—, en la planta donde me llevaron a ver a Vernon…

Alma esperó a que siguiera hablando.

—Me pidió que me casara con él —confesó Faye, y dirigió a su amiga una mirada entre el asombro y la súplica.

—¿Vernon Miller te pidió que te casaras con él? —Alma se quitó la mano de los ojos.

Faye asintió.

—Vaya —dijo Alma, compensado con su asombro el de la propia Faye.

Tras una pausa, Alma añadió:

—¿Y qué le dijiste?

—¿Y qué iba a decir? Le dije que sí.

Alma le miró, con evidente perplejidad.

—¿Qué habrías dicho tú? —le pregunto Faye.

Alma se levantó y recorrió la habitación de un lado a otro, lentamente.

Tras un minuto o dos y de espaldas a Faye, le preguntó:

—¿Tú le quieres?

—No lo sé —escuchó como respuesta Alma.

—Nunca tuve idea de que tú y ese hombre os vierais —Alma levantó la voz ligeramente—. Al menos, nadie os ha visto nunca juntos.

—Apenas nos veíamos —Faye hablaba a la espalda de Alma como si fuera un confesionario.

—Bueno, no sé qué decirte —dijo Alma con voz indecisa, a la vez alegre y atontada.

—Sentí, Alma, que de alguna forma la decisión ya estaba tomada por mí desde el mismo momento en que me lo preguntó en aquella sala de hospital. Cuando lo hizo, entre escayolas y vendas y ese olor de como se llame, éter y desinfectante, sentí que no tenía elección.

—¡Ya basta! —exclamó Alma, pero la expresión de su voz decía «Sigue».

—Sentí que no tenía derecho a decir que no —continuó Faye—. Mientras me decía que me necesitaba, me necesitaba…

—Sí — dijo Alma, la cabeza caída sobre el pecho.

—Entonces no crees que deba casarme con él —exclamó Faye.

Girándose, con el rostro enrojecido y terrible, y preparada para cualquier otra cosa que pudiera confesarse esa noche, Alma le contestó:

—¿Te he dicho yo que no debas?

—Pues claro que no lo has dicho. —Faye no retiró sus ojos del rostro de Alma.

Dejando caer los brazos a los lados del cuerpo y sin color en la cara, Alma dijo:

—Todo es tan sorprendente y confuso, y qué sé yo. Y además, qué importancia puede tener la opinión de una vieja solterona, al fin y al cabo.

—Mucha, si esa vieja solterona eres tú, Alma, sobre todo cuando la otra vieja solterona soy yo.

—Sí —dijo Alma en voz baja— supongo que entiendo lo que quieres decir.

—Si estás pensando en su reputación, eso no me da miedo, si es que alguna vez me importó.

Alma la miró.

—Por supuesto, sabes de lo que te estoy hablando. —La voz de Faye se volvió de repente aguda y metálica, casi beligerante en su volumen, lo que hizo que Alma se pusiera un dedo en los labios para advertirle sobre Boyd, que dormía en la habitación contigua, pero Faye malinterpretó esta señal pensando que Alma no quería hablar del tema.

—Tú sabes, por supuesto, que todo el mundo dice que Willard y Vernon son homosexuales —dijo Faye en tono categórico.

—Me temo que no lo sabía.

Faye la contempló durante un minuto largo y se dio cuenta de que era cierto.

—¿No estabas al corriente de su reputación? —dijo Faye, débilmente.

—No, Faye, no lo estaba —dijo Alma, con una sonrisa insulsa en la boca—. No entiendo de homosexuales —añadió.

—Entonces, siento habértelo dicho.

—No tienes que arrepentirte de nada de lo que me cuentes —le respondió Alma—. Me temo que hay muchas cosas que no sé.

Luego, con voz infantil, casi suplicante, Alma dijo:

—¿Esos rumores sobre Willard y Vernon... no eran ciertos?

Como Faye no le contestó, Alma repitió en voz alta:

—¡Esos rumores, Faye, no eran ciertos!

—No lo sé —replicó Faye—. Y no me importa.

—¿No te importa? —repitió Alma, y alejó de nuevo la mirada.

—Cuando me pidió que me casara con él, sentí que la decisión de aceptar era como un don que se me había concedido. No era mi decisión, sino algo que sentía que tenía que hacer.

—Es tu vida, Faye, y debes hacer lo que consideres adecuado.

Faye caminó despacio hasta el otro extremo de la habitación, donde Alma se había refugiado, de espaldas a ella. Con cuidado, tomó a Alma del brazo.

—Perdóname por venir aquí esta noche y molestarte con estas cosas.

—No hay nada que perdonar, querida —dijo Alma, aún de espaldas a Faye. Luego, girándose la miró detenidamente a los ojos.

—Encontrarás la decisión correcta en su momento —dijo Alma por fin, y besó a Faye en la frente—. Y mientras hablamos de estas cosas, el pobre Willard está muerto.

Las dos se dejaron llevar por el dolor.

—Él y toda su familia han desaparecido para siempre —susurró Alma a modo de despedida.

Luego, estudiando atentamente la expresión de Faye, dijo:

—La noche del incendio, encontramos un montón de fotografías de Cliff en la habitación de Vernon Miller. Boyd se quedó muy trastornado. ¿Qué crees que hacían allí?

Faye no replicó enseguida.

—Había oído hablar de las fotografías —dijo por fin—. Todo lo que puedo decir es que Vernon es muy buen fotógrafo y le gusta tomar fotos de todo el mundo que conocía.

—¿También te hizo fotos a ti? —Alma la miró fijamente.

Faye negó con la cabeza.

—En realidad, sólo hace un mes que conozco a Vernon —explicó.

—Vernon guardaba todas esas fotos de Cliff en su habitación —dijo Alma, quizás para intentarlo entender ella misma.

—Estoy segura de que Vernon nunca hizo daño a Cliff —dijo Faye, con un tono de reserva.

Alma aguardó un momento y luego, como si se rindiera a sus dudas y temores, y quizás a su intento de comprender las cosas, dijo:

—Hay tanto que no podemos saber sobre las cosas y sobre las personas.

Faye tomó la mano de Alma entre las suyas y la apretó con fuerza.

—Buenas noches, Alma, querida, y te ruego que me perdones.

Pero antes le preguntó por su hermano.

—Boyd se está recuperando —le dijo Alma, como si apartara a un lado todo el pasado excepto lo que se refería a Boyd y a su recuperación—. El doctor está muy contento con su mejora. Pero no he querido decirle nada sobre Cliff. Eso lo reservaré para un momento futuro. No puedo permitir que le ocurra nada a Boyd ahora —dijo.

Faye apretó su mano otra vez.

Capítulo 14
«Las memorias están acabadas»

Poco más de un mes después, Boyd Mason se había recobrado lo suficiente como para hacer una breve visita matutina a su oficina inmobiliaria. Esa tarde se sentó bajo la parra de su patio trasero, algo que no solía hacer antes de lo ocurrido con Willard Baker.

Otro convaleciente se recuperaba ahora dentro del campo de visión de Boyd, Vernon Miller, que permanecía sentado entre escayola y vendas, en el porche de los Baker. Quizás los impedimentos físicos del joven y la memoria reciente de la muerte de Willard hacían que su presencia resultara inofensiva para Boyd, porque el anciano seguía sentado en dirección a la casa de su vecino, y una vez incluso le saludó con una inclinación de cabeza. Tal vez la tolerancia de Boyd procediera también de las visitas intermitentes que Faye Laird le hacía al joven. Alma le había contado a Boyd que Faye y Vernon se habían comprometido en matrimonio, y para asombro y alivio de Alma, a Boyd no le había parecido mal, aunque, por supuesto, la noticia le había sorprendido.

Además, todos los vecinos de las proximidades sabían que Willard había dejado a Vernon la mayor parte de sus propiedades y de su dinero, que suponían una fortuna más que considerable.

Alma le había hablado a Boyd de la muerte de Willard Baker un día antes de que se celebrara el funeral. Sin embargo, aún no le había dicho nada de la muerte de Cliff, y ahora que había empezado a ir a la inmobiliaria, se enfrentaba al hecho de que si no se lo decía se acabaría enterando por algún comentario inesperado y devastador que le haría algún cliente o alguien de la calle.

Sentada junto a su hermano al caer la tarde, Alma empezó la conversación.

—A Faye le podía ir peor, supongo. —Señaló con la barbilla en dirección al porche de los Baker, donde Vernon y Faye estaban charlando.

—A su edad, no puede ser muy exigente —replicó Boyd, entrando sin querer al trapo del comentario de Alma.

—También podía haberle ido peor —siguió Alma, pensando en la recién adquirida riqueza y posición de Vernon.

—Ya se comporta como un hombre diferente desde que Willard se ha ido —comentó Boyd.

—Bueno, no culpemos al pobre Willard de todo —dijo Alma.

—¿Sabes? —dijo Boyd, como si quisiera reforzar el comentario de Alma—, sus padres de alguna forma lo convirtieron en la oveja negra al preferir siempre al hijo más joven, el doctor Joe, en lugar de a Willard. Todo el tiempo era Joe, Joe, Joe, no dejaban nada al pobre Willard. Su propia madre, la señora Baker, era consciente de ello, porque en cierta ocasión le contó a la nuestra una historia que lo revelaba todo. Parece ser que cuando los muchachos eran aún niños, la señora Baker oyó que uno de ellos entraba por la puerta principal de la casa. Desde la cocina, preguntó: «¿Eres tú, Joe, mi tesoro bonito?», y la triste respuesta que llegó desde el vestíbulo fue: «No, sólo soy yo, Willard». La señora Baker se sintió fatal, por supuesto, cuando escuchó aquello y, a su manera, intentó compensarlo. Pero para entonces el asunto ya había ido demasiado lejos, y Joe siguió siempre en su pedestal, su favorito, la estrella… —Alma no dijo nada, inmersa en sus pensamientos—. A partir de mañana —Boyd se giró, alegre, hacia Alma, recuperando su estado de ánimo anterior—, voy a empezar a cumplir un horario regular.

—¿Te sientes lo bastante fuerte? —preguntó.

Él afirmó con la cabeza.

—Y tú tendrás que pensar en acabar ese libro que estabas escribiendo sobre nuestro Cliff —sonrió—. El tiempo va a refrescar.

Alma no dijo nada.

—¿Has oído lo que te he dicho? —preguntó, elevando la voz.

Ella asintió.

Su atención se había desviado hacia una ardilla que había depositado una nuez de forma rápida y clandestina junto al cenador.

—Un signo infalible de que se acerca el otoño —dijo, señalando la ardilla.

—¿Te dio el profesor Mannheim aquellos exámenes de Cliff? —dijo Boyd, volviendo al tema.

—He decidido que al final no voy a escribir nada sobre Cliff, Boyd —dijo, con voz alta y neutral.

Boyd frunció el ceño.

—Después de todo el jaleo y el trabajo que se ha tomado todo el mundo —su antiguo temperamento salió a relucir de nuevo.

—Las memorias están acabadas —dijo ella, en palabras que le sorprendieron a ambos.

—¿Lo has escrito? —exclamó, y en su cara se reflejaban sorpresa y cierto placer.

—No.

Mientras Boyd la reprendía por «haber abandonado su tarea», utilizando sus palabras, Alma elevó la voz para decir:

—¿Se te ha ocurrido alguna vez que quizás me estabais consintiendo entre todos, una vieja profesora solterona sin nada que hacer, escribiendo un libro sobre un sobrino joven del que nada sabía ni comprendía en realidad?

—Nadie pretendía tal cosa —le dijo Boyd, desconcertado.

—Boyd, ¿qué pensarías si te dijera que he llegado a tu mismo convencimiento, al mismo convencimiento del vecindario y de toda la ciudad de que Cliff quizá no esté desaparecido sino muerto?

—En ese caso te diría que has cambiado como de la noche a la mañana —le dijo—. Y que además la conclusión a la que has llegado es algo que no creo que nadie de esta ciudad ni de este vecindario ni sobre todo yo mismo comparta. Porque todos creemos que está vivo y que algún día volverá a casa.

—Boyd —dijo ella con voz cautelosa. No sabía qué hacer. En cualquier caso, no podía ocultar la noticia mucho más, viendo que pensaba volver a su oficina y a la ciudad.

—¿Te has puesto enferma o algo así? —preguntó él, mirando a Alma con auténtica preocupación, incluso con angustia.

—Boyd, creo que ya estás lo bastante fuerte para escuchar lo que tengo que decirte. He querido ahorrártelo pero no he podido evitar sufrirlo yo. Ahora estoy tan cansada que puedo decírtelo.

—Alma —la tranquilizó, sin sospechar de que se trataba—. ¿Qué es lo que tienes que decirme?

—El chico está muerto —le dijo—. Cliff está muerto.

—¿Me hablas de tus temores? —le preguntó en voz muy baja.

—No, ya no se trata de mis temores. Unos días después de ponerte enfermo, el Ministerio de la Guerra me lo comunicó. Su muerte es un hecho. Ni siquiera quedó lo suficiente de él para enviarlo a casa en un ataúd. No quedó nada de nuestro Cliff.

Su pecho rompió en violentos sollozos, largo tiempo acallados, de un dolor casi inhumano, que luego se apagaron rápidamente dejando paso al silencio aturdido que acompaña a los pesares habituales y, como Alma tan a menudo había notado en sí misma, a la vejez.

—Alma, tranquila, tranquila —dijo Boyd, con sorprendente entereza y ternura.

Ella se restregó los ojos.

—Debería haber quedado algo —se dirigió a él—. Debería quedarnos algo de él. Y yo nunca lo conocí, Boyd, yo sólo le quería. Nunca conocí a Cliff.

—Bueno, Alma —extendió su mano hacia ella—. Ninguno de

nosotros, me temo, llega a conocer a nadie, ni nos conocemos los unos a los otros.

Ella tomó su mano, cosa que apenas hacía desde que eran jóvenes, mucho tiempo atrás.

—Todos somos en buena medida extraños unos con otros —dijo en voz baja.

—Me alegro tanto de que seas fuerte —dijo ella—. Me siento agradecida.

Quizás Boyd se había mostrado fuerte porque había conocido la noticia todo aquel tiempo, o porque, como Alma había dicho, ella necesitaba y agradecía su fortaleza.

Aquella tarde, mucho después de la hora en que acostumbraba a retirarse, Alma se despertó de un profundo sueño en su mecedora, pensando que alguien la llamaba. La voz le heló la sangre porque se parecía mucho a la de su madre. Luego reconoció, tras un momento de pánico, el pelo blanco de Boyd, y su voz calmada, intentando tranquilizarla.

No había enfado en su voz cuando le preguntó qué quería. Sabía que Boyd no la despertaría a menos que fuera necesario. Al mismo tiempo, supo al verle tranquilo que no se trataba de ninguna emergencia inmediata, sino algún problema conocido.

—No podía dormir y vine a buscar algo de beber —le explicó—. Me fijé que no te habías ido a la cama.

Alma encendió la lámpara que había tras ella, la que tenía la luz más potente.

—¿Qué es lo que tienes ahí en las manos? —preguntó ella.

Boyd bajó la vista hacia sus propias manos.

—Por el amor de Dios, Boyd, ¿qué es eso? —exclamó.

Él le entregó los cuatro mil dólares que tanto tiempo atrás se habían caído de la chaqueta de Cliff.

Boyd le contó lo sucedido aquella noche, sin omitir detalle.

—¿Estás seguro de que había estado bebiendo? —Le devolvió el dinero. La idea de Cliff bebido ya era carga suficiente para ella.

—Una juerga en toda una vida no es un mal récord.

Ella volvió a mirar los billetes en las manos de Boyd, sin hablar durante un momento.

—Supongo que Willard sabía todo esto —dijo Alma—. Pero creo que Cliff te dijo la verdad.

—¿Sobre que no sabía de dónde había salido el dinero? —quería asegurarse que la había entendido.

Ella asintió, pero él pudo notar la duda y la inseguridad de su expresión.

—Ya conoces la reputación de Willard y Vernon. —Miró a su hermano a los ojos.

—Claro —dijo con seguridad, evitando la mirada de Alma.

—Eran homosexuales —dijo ella, como si la muerte hubiera acabado con la inclinación de Willard y Vernon.

Él la miró completamente sorprendido.

—¿Quién te ha dicho eso? —le preguntó.

—Desde luego, tú no —le reprochó.

—No creo que haya nada de cierto en esa historia —dijo Boyd, y ella vio que quizás lo pensaba de verdad—. Vernon Miller era un muchacho que Willard prácticamente adoptó del hogar para niños. Además, está prometido en matrimonio.

—Creo que has estado preocupado por este dinero y la reputación de esos dos, Boyd, más de lo que quieres dar a entender. ¿Por qué no me dejaste compartir esa preocupación contigo todo este tiempo?

—Todo era muy confuso. Yo mismo no acababa de entenderlo, y entonces para qué preocuparte a ti también.

—Nadie me dijo nunca la verdad. Ni siquiera aquella vez que sabías que nuestra madre iba a morir... hasta que murió.

—No quería molestarte con sospechas, en este caso —y golpeó el rollo de billetes contra su otra mano.

—Ese dinero no es una sospecha —dijo ella—. Es un hecho.

—Pero Cliff no sabía más sobre el dinero o su procedencia que nosotros —levantó la voz, defendiéndose.

—De acuerdo —admitió—. Pero podrías haber compartido tu preocupación conmigo.

—¿Qué piensas hacer? —dijo él, y su preocupación, su temor, su dependencia eran tan evidentes que ella no pudo evitar sonreír.

—Nada —le contestó—. A menos que tú pienses, con toda honradez, que podríamos hablarle de la existencia del dinero a Vernon Miller. Después de todo, él es el heredero.

—Podríamos hacer eso —admitió Boyd.

—Yo hubiera pensado que un hombre de negocios como tú habría invertido el dinero —observó ella.

—No me parecía del todo… limpio —acabó la frase, indefenso ante esa última palabra.

Ella permaneció inmóvil. Luego dijo:

—Tendremos que hablar con Vernon. Es decir —subrayó, mirando a su hermano—, yo iré a hablar con él.

—No te alteres por lo que te diga —el consejo de Boyd parecía una súplica.

—¿Por qué iba a alterarme? —le preguntó.

—Tú y yo creemos en Cliff —dijo él, mientras sus ojos fatigados contemplaban la alfombra.

—Pues claro que creemos en Cliff —repitió ella—. Él era nuestro sobrino.

—Tenía miedo que quizás su imagen se hubiera ensuciado en tu recuerdo —dijo Boyd, con una especie de sonrisa infantil llena de esperanza.

—¿Ensuciado? —parecía sorprendida.

—Tenía miedo de que así fuera.

—Creo que eso no ha ocurrido —contestó confusa.

Él la miró otra vez antes de ponerse en pie para salir.

—Supongo que lo que ha ocurrido cambia un poco las cosas —dijo con reserva.

—Volverá a ser como antes —le dijo Boyd, refiriéndose, imaginaba ella, a la imagen de Cliff.

—Boyd —le llamó justo antes de que saliera de la habitación.

Él volvió la vista, receloso.

—Esas fotografías de Cliff en la habitación de Vernon Miller…

Él esperó.

—¿Qué crees tú que quieren decir? —le preguntó al ver que Boyd no la ayudaba con su mirada ni con sus palabras—. Casi no tenemos fotografías de Cliff. He estado buscando y buscando, a ver si encontraba alguna. Y resulta que allí, en la habitación de un extraño había todas esas fotos grandes, pero en cierta forma no reflejaban al Cliff que conocíamos.

Boyd se limitó a esperar, como un criado viejo y fiel que esperara su despido irremisible.

—Yo siempre he pensado, Boyd, que lo que te produjo el ataque al corazón fue ver esas fotos.

Él no parecía haberla oído.

—No había nada raro en Cliff —le contestó Boyd, en tono serio y formal—. Debes sacarte eso de la cabeza. Él no tenía la culpa de vivir al lado de esa gente, o de no tener padres.

—¿Qué? —exclamó ella con su habitual voz malhumorada.

—Buenas noches, Alma —le dijo, adoptando el tono de una bendición.

Ella le observó, tranquilizada a su pesar por la mirada de Boyd.

—Buenas noches —murmuró en respuesta, con sumisión casi hipnótica.

Capítulo 15
Un terreno con árboles y flores

A mediados de noviembre, en medio de un veranillo tardío, ocurrió algo que al principio se presentaba como otra tragedia en el vecindario.

Minnie Clyde Hawke, en un momento de desesperación, había intentado suicidarse tomándose entero el frasco de somníferos de la señora Van Tassel. La llevaron a toda prisa al hospital más cercano, donde los médicos dijeron que su estado no era muy grave. El roce con la muerte le había ayudado a aclarar sus ideas, según se contaba, y había expresado a la señora Van Tassel, más afectada quizás que su propia huésped, el deseo ferviente de seguir viviendo y de comenzar en serio una «nueva vida».

Alma había escuchado la sirena de la ambulancia el día que se llevaron a la señora Hawke al hospital, pero se había negado a moverse de la cocina, sin importarle quién fuera o cómo de cerca viviera de ellos. Luego Boyd llamó a casa desde la oficina con la noticia, y para decirle que no se preocupara.

Esa mañana, el segundo día de buen tiempo, el olor dulzón del ketchup era apenas perceptible, y Alma pasó con las manos en el agua de fregar las sartenes tanto tiempo como pudo, mientras buscaba otra cosa que lavar. Tras secarse por fin con un paño de cocina, se dirigió al porche trasero y miró hacia el otro lado del patio.

Para su sorpresa, vio que Vernon Miller, con la pierna todavía escayolada, había paseado hasta el jardín de Alma con ayuda de una muleta y estaba observando algo que se había quedado enganchado a la madreselva.

Vernon le sonrió, y como no quería darle la espalda, Alma avanzó hacia él, sonriéndole a su vez.

—Fíjese —le escuchó decir—. Una mariposa viva en esta época.

—Y señaló una mariposa blanca de la col, medio muerta.

Por extraño que pareciera, Alma nunca había estado a solas con Vernon Miller. Ahora le veía como se ve lo que parece improbable y a la vez familiar, como un sueño.

—Lo cierto es que hace calor —dijo, en referencia a la mariposa, y dio un paso atrás para irse.

—¿Ha oído la noticia? —le preguntó él.

Contemplando su rostro, impresionada ahora por su frescura y extroversión, no le contestó enseguida. Estudió su cara con una especie de agradecimiento.

—Señorita Mason —volvió a hablar Vernon, como para recuperar su atención.

—Oí pasar la ambulancia —dijo. Luego, preocupada quizás por dar la impresión de falta de sensibilidad hacia la señora Hawke, añadió:

—También ha sido un golpe para la señora Van Tassel.

—Faye ha estado con ella hoy. —Vernon miró en dirección a la casa de la señora Van Tassel—. Espero que ya esté mejor.

—Tengo que pasarme a verla —dijo Alma. Quizás pensando para sí misma, preguntó—: ¿Dónde estará Clara Himbaugh?

La seriedad con que lo dijo hizo reír a Vernon, y tras un momento de sorpresa, Alma se unió a él.

—Está en Boston —contestó Vernon, riendo aún.

Tras mirar un momento a su propia casa y volver la vista enseguida hacia su interlocutor, Alma dijo:

—¿Puedo invitarle a pasar?

Vernon no contestó, quizás porque deseaba considerar sin prisa la invitación.

—Estoy cociendo pan en el horno, por eso no puedo seguir mucho rato aquí fuera —explicó algo impaciente.

—¡Hornea su propio pan!

—Bueno, alguna vez que otra, cuando no tengo nada que hacer. Venga, pase y le invito a una taza de café. —Empezó a caminar hacia la casa.

Al ver que él no la seguía, ella se volvió y le dijo:

—Cuidado donde pone el pie —señaló un desnivel del camino.

—Ahora puedo andar mejor que antes —dijo con humor. Una vez en la cocina, Alma hizo los preparativos habituales y le tendió el café y una servilleta de tela.

Luego le oyó decir:

—Creo que ésta es la primera vez que me invitan a pasar a una casa en Rainbow.

Ella se detuvo, sintiendo, en cierto modo, que hubiera hecho este comentario.

—Yo he estado fuera dando clase tantos años que aún no me he acostumbrado a invitar a la gente tan a menudo como quisiera —le dijo—. Sin embargo, creo que llegará el día en que me sienta a gusto aquí.

—No quería decir… —empezó a explicar que no lo había dicho en referencia a Alma.

—Entiendo lo que quiere decir —dijo ella.

—¿Por qué no se sienta un poco usted también, señorita Mason? —le rogó.

Ella sonrió.

—Dentro de un minuto —dijo, indicando que aún tenía que vigilar el pan.

—Además me gustaría que me escribiera algo en la escayola. —Le señaló unos cuantos, muy pocos, autógrafos y algunos intentos humorísticos escritos sobre el yeso.

—Pues claro —dijo, complacida por la idea.

Él le tendió un lápiz y ella se rió con una risa bobalicona.

—Hace tanto que no escribo una cosa de este tipo —dijo muy sonrojada, para justificar su vacilación.

—Escriba cualquier cosa —la animó.

Alma miró un momento la punta del lápiz, como si allí estuviera su inspiración. Luego, inclinándose sobre su pierna, escribió.

«A Vernon Miller, de su amiga y vecina, Alma Mason.»

—Eso ha sido muy considerado por su parte —le dijo conmovido, mientras recuperaba el lápiz que ella le tendía.

—Debe de ser muy incómodo —señaló la escayola.

Él no respondió. En su lugar, miró por la ventana, y, tras un momento, dijo:

—Estoy esperando al tapicero. Ha reparado algunas de las sillas que se estropearon en el incendio.

—Sí, el incendio —dijo Alma como si se tratara de alguien que hubiera oído hablar de él.

Luego, hablando con su antiguo tono serio de profesora de escuela, añadió:

—Señor Miller, alguna vez que tenga un rato libre, me gustaría hablar con usted.

—Estoy libre casi todo el tiempo —dijo, y de nuevo le llamó la atención con su actitud franca y abierta—. Ahora, si le parece —siguió—. Ese tapicero puede que no aparezca nunca.

—No sé si ahora es el mejor momento —dijo, mirando el horno.

—Bueno, yo tengo que estar siempre por aquí cerca, con esta pierna —sonrió.

Ella no sonrió ni le devolvió la mirada.

—En cierto sentido, se trata de un asunto muy serio —dijo, refiriéndose indirectamente a lo que quería hablar, y la sonrisa de Vernon se relajó un tanto en su boca—. Pero nada alarmante, desde luego —mostró que no quería ponerle en un aprieto, o al menos en una situación desagradable—. Es un asunto, señor Miller, que, bueno, ahora que Cliff está muerto, nos tiene confundidos a su tío y a mí.

—Ya veo —dijo con calma.

—Apenas sé cómo expresarlo, sin embargo —dijo, tanteando el terreno.

—Bueno, no tenga miedo de herir mis sentimientos —la ayudó, pero había una ligera desconfianza en su voz.

Como ella no continuó, él, sonrojándose, le dijo:

—¿Se trata de las fotografías de Cliff que había en mi habitación?

Ella le miró directamente a la cara, y animada o complacida por lo que vio en ella, replicó:

—No, no se trata de esas fotos, aunque nos sorprendieron mucho. Lo que nos preocupaba a su tío y a mí era cierta suma de dinero.

Aun sin mirarle, supo que su frase había dado en el blanco.

—¿Dinero? —le preguntó con una voz distinta.

—Cuatro mil dólares.

Ella le observó al decir esto, y la expresión de su cara le satisfizo. Podía continuar.

—Entonces, no se los llevó consigo —dijo Vernon, quizás para sí mismo.

—¿Se los diste tú, Vernon? —Ahora no le miró.

—Gracias por llamarme Vernon —le dijo. Hubo una larga pausa—. Claro que sí —contestó por fin—. Era mi dinero, no de Willard.

—No quería decir…

—Una dama rica que me visitaba de vez en cuando, en Navidad, Pascua y días así, en el Hogar Infantil, me dio ese dinero.

—¿Y tú se lo diste a Cliff? —le preguntó.

Vernon asintió.

—¿Pero sin que él te lo pidiera? —volvían los mismos temores.

—¿Cliff? —Vernon levantó la voz, y al hacerlo ella escuchó en su tono cuánto debían haber tenido en común Vernon y Cliff, aunque fuera brevemente, y pensó que ella misma no podría haber dicho «Cliff» como él acababa de hacerlo, con esa expresión de reciprocidad y entendimiento común—. Cliff nunca habría pedido dinero a nadie, estoy seguro. Se iba al ejército al día siguiente… Yo había bebido demasiado. Quería darle algo. No sé por qué, quería ayudarle. Como si fuera posible, como si el dinero fuera a servir para algo.

—Debías tenerlo en gran estima —dijo ella, alejándose de las profundidades oscuras donde sentía que había tenido que mirar.

—Yo quería a Cliff —dijo él.

Alma mantuvo su mirada fija en él.

—Él era la única persona que verdaderamente me trató alguna vez. Me aceptaba como era, con mis defectos.

—Me alegro —dijo, y quizás lo pensaba.

Se puso de pie con esfuerzo sobre su pierna escayolada, y ella hizo amago de avanzar hacia él, para ayudarle, cuando dijo:

—No voy a caerme, señorita Mason —y la alejó con un gesto.

—¡Dios mío! —exclamó ella—. ¡El pan!

Abrió de golpe la puerta del horno y con enfado e irritación sacó primero dos panecillos, luego un tercero.

—No están del todo quemados —dijo para tranquilizarse a sí misma—. Sólo un poco chamuscados.

Los puso sobre un soporte de metal que estaba sobre la mesa, y Vernon la siguió mientras lo hacía.

—Señorita Mason —le dijo imponiéndose sobre la irritación y aturrullamiento de Alma—, tuve que darle el dinero.

Levantó la vista y vio con sorpresa, y sin que le alegrara especialmente, que sus ojos estaban cubiertos de lágrimas.

—Siéntate, Vernon, por favor —dijo Alma al fin, con paciencia y amabilidad—. Quiero pedirte un favor, quizás el mayor favor que le he pedido nunca a nadie en mi vida, y quiero que me lo concedas.

Esperó hasta que él hubo tomado asiento a su lado.

—¿De acuerdo? —le preguntó.

Él asintió.

—¿Por qué le diste el dinero a Cliff en realidad?

—Preferiría que no me preguntara eso —le contestó.

—¿Por qué? —preguntó ella.

—No quiero hacerle daño —dijo él.

—¿Estás seguro de que no es porque no quieres hacerte daño a ti mismo?

—No, señorita Mason, a mí ya me han hecho todo el daño que puede hacerse. ¿Cree que no sé lo que todo el mundo en esta ciudad dice sobre mí y sobre Willard? Ya me han hecho todo el daño…

—Y no quieres hacerme daño a mí —dijo, repitiendo su excusa—. Mira, Vernon, déjame decirte algo. La gente ha intentado no herirme, ocultarme cosas toda la vida. Yo era una muchacha en una familia de chicos. Nadie, ni mi madre, ni mi padre, ni mis hermanos, nadie quería nunca que yo me enterara de nada. Y en cierto sentido así fue. Pero no importaba con qué frecuencia o cuidado me escondieran la verdad, siempre me acaba enterando, y me dolía mil veces más que si me lo hubieran dicho desde el principio. ¿Lo entiendes? ¿Por qué le diste a Cliff ese dinero?

—Le di el dinero porque él se parecía a mí —dijo Vernon.

—¿Eso qué quiere decir? —preguntó ella, con cierta aspereza.

—No, no es que hubiera nada raro en él. Él no era homosexual si eso es lo que le preocupa. Cliff odiaba Rainbow y quería irse.

—Sigue —le urgió.

—¿No le parece más que suficiente, señorita Mason? —parecía una advertencia.

—¿No sabes nada más o no tienes el suficiente coraje?

Él sacudió la cabeza con tristeza. Ambiguamente.

—Pues ten el suficiente coraje por una vez en tu vida —dijo elevando la voz, y esperó.

—Cliff odiaba Rainbow —comenzó Vernon—. Odiaba tener

que aceptar su caridad y la de su tío. Ustedes eran su orfanato. Lo odiaba todo, creo. Odiaba no tener padres y pensar que no era querido. Odiaba que usted sintiera que tenía que quererlo. Él nunca quiso volver aquí ni volver a oír hablar de nadie. Me dijo: «Si tuviera dinero, nunca volvería.» «¿Y si yo te doy el dinero, Cliff?» le pregunté. No quiso mirarme y entonces comenzó a beber, y cuando fui a por el dinero y se lo enseñé, se limitó a mirarlo. Le dije: «Cliff, si odias Rainbow y todo lo que lo contiene, toma esto y no vuelvas nunca, ni siquiera cuando salgas del ejército, ¿comprendes?». Pero él se limitó a seguir bebiendo.

—Se limitó a seguir bebiendo —repitió ella.

—Me había olvidado de eso, pero luego, cuando se hizo muy tarde y casi había amanecido, yo estaba sentado en la habitación de delante cuando Cliff entró en la casa y me miró. Yo sabía que se había emborrachado pero en ese momento parecía más bien que no pudiera recordar a qué había entrado, más que otra cosa. «¿Has cambiado de opinión?» le dije, pero no me contestó. Se limitó a seguir allí de pie, con la mano en el pomo de la puerta. Me levanté, me acerqué a él y le miré. Pensé que podía ver mi cara y mi cabeza reflejada desde mi posición delante de sus ojos. Como no se movía, puse el dinero en el bolsillo de su chaqueta. «Todo va a irte bien ahora, Cliff» le dije, pero después de aquello nunca volvió a mirarme a los ojos. Cuando le di el dinero, se giró y se dirigió hacia la puerta principal mientras yo le daba las gracias a su espalda. «Gracias, Cliff, por aceptarlo» le dije, y salió de la casa. Entonces supe por qué le había dado el dinero. Era igual a mí en casi todos los aspectos, pero yo sabía que él sí tenía el valor para irse de aquí. Yo nunca tuve el coraje para escapar del Hogar Infantil, o de Willard, o de Rainbow, o de mí mismo. Tuve que quedarme. Quería que alguien escapara en mi lugar, fuera libre por mí. Y después, el día en que supe que Cliff había muerto, tras el impacto de la noticia, Dios me perdone, dije, o quizás rogué: «Bueno, ahora Cliff nunca tendrá que volver», y eso era lo que él quería.

La voz de Vernon había ido bajando de volumen poco a poco. Era difícil decir cuánto había oído Alma, u oído a medias, o no oído en absoluto. Ella no le pidió que lo repitiera.

—¡No es posible que se sintiera tan perdido! —dijo Alma pasado un rato.

Vernon la miró y comprobó que ella misma no creía su propia negativa.

—Cliff era demasiado orgulloso para admitir que necesitaba el cariño de nadie. Supongo que ése era su problema —le dijo Vernon—. Demasiado orgulloso para soportar que alguien se sintiera en la obligación de amarle. Pensaba que nadie podía hacerlo o querer tenerlo a su lado.

—¿Es que no sabía que nosotros le queríamos? —dijo Alma.

—No, señorita Mason —Vernon le ofreció un último dato—. Él sólo sabía que quería irse de aquí.

Ninguno de los dos habló durante un momento.

—Bueno, Vernon —Alma volvió a hablar por fin—, te pedí que me dijeras la verdad y lo has hecho. Puede que te parezca agradecida o desagradecida. La verdad no te hace sentir agradecido, no importa cuánto hayas prometido que la agradecerás.

—No, no le hace a uno sentirse agradecido, señorita Mason.

—¿No puedes llamarme Alma ahora? —preguntó ella.

Él asintió.

—Me has dicho la verdad, y la creo, pero si piensas que no quiero a Cliff aún más por conocerla, te equivocas. Porque ahora veo cuánto necesitaba el poco amor que cualquiera pudiera darle. Era más infeliz de lo que pensábamos.

—La infelicidad de Cliff era tal vez su destino —dijo Vernon—. Quizás era su vocación.

Alma lloró en silencio, quizás con alivio, porque sabía que era la última vez que lloraría de verdad por Cliff.

—Alma —dijo Vernon, poniéndose de pie a su lado—, me gustaría que utilizara esos cuatro mil dólares para hacerle algún tipo de conmemoración, por favor. Quizás un terreno con árboles o flores, o algo así, entre su parcela y la mía, digamos.

—¿Te refieres al sitio donde la señora Van Tassel quería construir un invernadero?

—Podríamos plantar algún tipo de flores o árboles allí, en memoria de Cliff —dijo Vernon.

—Lo pensaré —dijo, mostrando interés por la idea.

—Se lo ruego —pidió— a cambio de lo que le he contado, Alma. No puedo aceptar la devolución de ese dinero.

—No tendrás que hacerlo —dijo Alma.

Capítulo 16
El umbral de entendimiento

Alma nunca le contó a Boyd que Vernon Miller había puesto aquel dinero en el bolsillo de la chaqueta de Cliff. Además, en el estado de debilidad en que se encontraba el anciano —su memoria había empezado a jugarle malas pasadas—, no estaba segura de que recordara en absoluto la delicada cuestión de los cuatro mil dólares. Una vez intentó tantearle sobre el incidente, más para aliviar su mente que para informarle, y él se limitó a mirarla sin expresión. Ahora Boyd vivía sólo en el presente.

El único suceso de importancia de ese otoño e invierno fue la boda de Vernon y Faye, que tuvo lugar durante la Navidad. La señora Barrington, haciendo una excepción en sus hábitos, dio a los novios un elegante desayuno de boda, y el señor y la señora Miller partieron unas horas después en avión hacia Portugal.

Tan sorprendente quizás como la boda o el desayuno fue la carta de dimisión de Faye al director de la universidad y presidente del consejo de administración, en la que algunos vieron al fin una reivindicación del profesor Mannheim. Se trataba de un escrito punzante que contrastaba con los nobles principios cristianos de pez grande devora a pez chico utilizados para promociones y despidos que imperaban en la escuela, y con sus beatos docentes y sus crueles prácticas. Según se decía, la señora Barrington había recibido una copia de la carta en la esperanza de que se pusiera de parte del director y del consejo. Su respuesta, al parecer, había sido el desayuno de boda para los recién casados.

Igualmente imprevista fue la decisión de Faye de dejar a su madre en manos de dos enfermeras profesionales que eran totalmente desconocidas tanto para ella como para la señora Laird, y cuya más elevada y quizás única recomendación era su buen sueldo. Incluso Alma y Boyd se sorprendieron de esta decisión, pero dado que ellos mismos habían animado a Faye en el pasado a actuar de una forma casi tan drástica respecto a su madre, poco tenían que añadir cuando sus sugerencias se hicieron realidad.

La señora Hawke se había llevado a la señora Van Tassel a un viaje con todos los gastos pagados a Charleston, en Carolina del Sur, para las vacaciones de Navidad. Clara Himbaugh estaba otra vez en Boston, de forma que no había nadie en todo el vecindario aparte de los Mason y la señora Barrington, quien, en contra de lo acostumbrado y debido a un repentino ataque de ciática, no se había ido a pasar las vacaciones a Washington, sino que se había quedado en casa, junto a su chimenea.

También Boyd y Alma se quedaron en casa, al calor de su chimenea, sin apenas salir a ningún sitio. La tienda de regalos de Alma iba viento en popa, y en el tiempo que le quedaba tras la venta de cerámica y encajes, empezó a experimentar cocinando comida francesa e italiana, pero poco después tuvo que abandonar esta práctica por los efectos adversos que causaba en la digestión de Boyd y porque muchas de las recetas utilizaban más vino y coñac del que Alma consideraba adecuado para su educación y posición.

El invierno que siguió fue duro y largo, caracterizado por fuertes vientos, tormentas de aguanieve e intensas nevadas, y por primera vez en la historia del condado se produjeron vendavales que casi con la fuerza de un huracán destruyeron muchas zonas de árboles y matorrales en Rainbow y alrededores. Alma, a pesar de haber criticado durante años a la señora Barrington por su apasionado cultivo de árboles y arbustos florales, contempló con preocupación y luego con pena y pesar cómo las tormentas destruían muchos rincones de gran belleza en la finca de la vieja monarca: el viento derribó el espino inglés y destrozó el castaño de Indias, arrasando también la trompeta trepadora.

Tras una primavera gélida, llegó el Día de los Caídos, que fue frío y húmedo.

Ya al alba, intentando bajar la bandera que estaba en el ático, Boyd se resbaló en uno de los estrechos escalones de la última planta, y al intentar frenar su caída rasgó la bandera, dejándola en muy mal estado.

Alma dijo que lo importante era que él no se hubiera hecho daño, y de que estaba segura que podría remendar la vieja bandera, para izarla antes de media mañana. Pero cuando se puso a coserla, vio que la rotura no era tan fácil de reparar. Otros enganches y desgarrones anteriores del tejido se hicieron visibles, como si conspiraran con el último, y pronto Alma se dio cuenta de que lo que tenía en las manos era un trozo de tela ajada, imposible de remendar. Las tiendas de telas estaban cerradas, como era lógico, y ni Boyd ni Alma querían pedirle una bandera prestada a ninguno de sus vecinos.

Alma estaba a punto de decir que ésta era la primera vez desde que tenía memoria que no habían izado una bandera en el Día de los Caídos, pero la cara de preocupación y desilusión de Boyd la convencieron de no hacer comentario alguno.

Sobre la una del mediodía, la señora Barrington envió a Ed Shaeffer a casa de los Mason para preguntar si todo iba bien.

Alma se fijó en la hermosa bandera de seda casi nueva que ondeaba sobre el porche de la señora B. mientras hablaba con Ed a través de la mosquitera.

—Dígale a la señora B. que los dos estamos bien —informó Alma al joven chófer—. Que hemos tenido algo de mala suerte con la bandera, que se ha rasgado. Por eso no la hemos puesto.

Ed Shaeffer dio las gracias a Alma, se puso su gorra de plato, que había estado sujetando ceremoniosamente en la mano, y con un gesto de asentimiento y un guiño para dar a entender a Alma que el propósito de su visita era, básicamente, satisfacer la curiosidad de la señora B. sobre la ausencia de bandera este año en la casa, se dirigió a informar a su jefa.

—Conseguiremos una bandera nueva, Ed —le gritó Alma mientras se alejaba.

Apenas se había puesto cómoda para jugar otra partida de damas con Boyd cuando volvió a sonar el timbre, y al mirar se encontró de nuevo con Ed Shaeffer ante la mosquitera.

—La señora B. pregunta si le sería mucha molestia —Ed comenzó su mensaje memorizado— si tuviera usted tiempo, señorita Mason, para pasarse por su casa unos minutos. La señora no se encuentra muy bien, y me ha pedido que se lo diga, o si no puede, se pasaría ella a visitarla a usted, y que además quiere darle una cosa.

—¿Quiere que vaya ahora mismo? —dijo Alma, sin levantarse de la silla junto al tablero de damas.

—Para decirle la verdad —Ed bajó la voz— ha pasado mala noche. No le diga que se lo he dicho yo. El médico no quiere que salga de la cama al menos hasta mañana. Se esforzó más de la cuenta arreglando la enredadera que hay junto al cenador.

—Acércate a visitarla —dijo Boyd, irritado por la lentitud letárgica de Alma.

—Diga a la señora B. que iré enseguida —dijo Alma al muchacho, y fue a ponerse su chal.

—Si ha tenido que decírselo a Ed Shaeffer es que no se encuentra bien —comentó Alma a su hermano, justo antes de salir por la puerta—. Créeme si te digo que debe estar bastante enferma.

Boyd frunció el ceño y sacudió la cabeza.

Una doncella condujo a Alma a la habitación delantera y desde allí a un ascensor, cuya existencia había olvidado, aunque cuando lo instalaron se convirtió en un tema de conversación tan frecuente en la ciudad como la propia señora Barrington. El ascensor llevó a Alma directamente a la amplia habitación blanca donde, sentada en una cama con dosel, la señora B. mostraba un aspecto despierto y vigoroso enfundada en un vestido de organdí mientras miraba una serie de fotografías en color extendidas sobre la colcha.

—Tu bandera, querida —dijo la vieja monarca cuando Alma se inclinó para besarla—. ¿Qué demonios le ha ocurrido a esa preciosa bandera? Me he dado tal susto, créeme, al no verla izada. No puedo permitir que me abandonéis. Boyd y tú sois todo lo que queda.

Alma rió al ver a su vieja amiga tan segura de sí.

—Yo os habría prestado otra de mis banderas —dijo la señora B. al escuchar la explicación de Alma—. Tengo tres o cuatro en el ático. ¿Por qué no me habéis preguntado?

Los ojos de Alma se posaron sobre las fotografías que cubrían la cama.

—Pon esto por ahí lo primero, querida —la señora B. le dio a Alma una lupa que llevaba una bombilla en su interior.

—Las fotografías —la señora B. contestó a la mirada curiosa de Alma—, son de los tortolitos en Lisboa. El señor y la señora Miller.

La risa un tanto ácida de la señora B. sobresaltó a Alma.

—Siéntate por aquí —dijo la anciana, señalando un sillón junto a ella—. Eres tan buena, viniendo a visitar a una anciana moribunda como yo.

—No hables así —le rogó Alma, sin deseo de hacer bromas.

—No pensarás que diría que me estaba muriendo si de verdad creyera que lo estaba, tontorrona —le dijo la señora B. —. Mi mayor temor, querida, es ser inmortal.

Alma se rió.

—Mira las fotografías si quieres —dijo fatigada la vieja monarca—. Tengo que decir que nunca he visto a Faye con mejor aspecto. No puede decirse lo mismo de Vernon, con esas ojeras y demás. Ya se sabe, el matrimonio es duro para el hombre.

—¿Crees que serán felices? —dijo Alma, echándole un vistazo rápido a las fotos.

La señora Barrington la miró.

—Tan felices como se puede ser —replicó la anciana al poco, con aire sombrío. Luego continuó—: Ya sabes que todo el mundo habla de las cosas terribles que siempre he dicho sobre el matrimonio y la gente casada. Pero no es del todo cierto. Desde luego, en mis tiempos dije cosas terribles sobre casi todo y casi todos, pero pienso que el matrimonio es tal vez la única cosa en la que siempre he creído un poco.

Para gran asombro de Alma, la señora B. abrió una cajita dorada, que sólo podía contener rapé, y demasiado inconsciente de sus gestos como para que pareciera una afectación, inhaló un poco de rapé y luego ocultó la cajita bajo la colcha.

—Mi nieta, por ejemplo —continuó la anciana—, cree que soy inhumana y que odio el matrimonio sólo porque cuando se quejó de que su marido no tenía suficiente dinero para pagarle las comodidades habituales (claro, se casó con un profesor) le dije: «Acepta la escasez y falta de satisfacción de estar casada. ¿Por qué luchar contra algo que está pensado para ponerte a prueba y privarte de cosas y negarte como persona y que al final acaba contigo?». Por supuesto, no entendió lo que quise decir. Nadie parece saber ya que lo que más recompensa es lo que más duele.

»Pero en cuanto a tu pregunta, Alma —continuó la señora B.— de si Vernon y Faye serán felices, pienso que bien pueden serlo. Vernon no tenía futuro con ese pobre diablo de Willard Baker, y Faye no tenía futuro como profesora de universidad y enfermera de su madre. Cuando menos, los dos han escapado de una situación intolerable para refugiarse en el matrimonio, que a menudo es lo único para lo que sirve. Sin olvidar que ahora son ricos. Eso siempre ayuda. Pueden viajar al norte de África y recorrer el Mediterráneo o ir hasta el infierno y volver si les apetece, cuando se aburran de estar juntos y de esta ciudad.

Tras una breve pausa, la señora B. expresó su opinión con la certeza de una guillotina:

—Creo que el pobre Willard murió en el momento adecuado, por lo que respecta a la mayoría de nosotros. —Y contuvo el aliento como si, por primera vez en su vida, sintiera haber dicho lo que había dicho.

Alma pensó que la señora B. se arrepentía de su comentario, pues no quería dar a entender que se mostraba insensible ante la muerte en general y quizás ante la muerte de Cliff en particular, pero en el incómodo silencio que siguió Alma estuvo segura de que no era así.

Cuando se conoció la muerte de Cliff, la señora B. había escrito lo que suele llamarse una carta «amable» desde Washington. Era sólo eso, una carta amable. Había sido sincera, de eso Alma estaba segura, pero procedía de una distancia emocional tan grande, causada quizás por la avanzada edad de la señora B., que hacía que sus expresiones de condolencia resultaran demasiado formales. No obstante, ciertas frases de la carta mostraban de forma inconfundible que la señora B. entendía el dolor y el dilema personal de Alma. Es decir, comprendía a Alma, y esto le perturbaba al mismo tiempo que la consolaba.

—Bueno, no hace falta que nos pasemos el Día de los Caídos hablando de recién casados —dijo la señora B., pasándole a Alma la última de las fotos—. Guárdate éstas si quieres, o déjalas encima de ese escritorio cuando hayas acabado de verlas.

La señora B. aguardó un momento y luego dijo:

—Eres tú quien me preocupa, Alma querida, y no el señor y la señora Miller.

—Bueno, he empezado a recuperarme —contestó Alma, un tanto asustada por el notable tono de amargura de su propia voz.

Algo perpleja al oír que Alma entraba tan de golpe en un tema que la señora B. había planeado preparar paso a paso, para tratarlo gradual y delicadamente, la vieja monarca apenas logró decir:

—Llevamos sin hablar, sin hablar de verdad, ya sabes a lo que me refiero, querida, casi un año. No debería haber permitido que ningún asunto me alejara de ti durante tanto tiempo. Y desde luego, las cartas no cuentan.

—Las tuyas sí lo hicieron.

—Aunque no te hayas recuperado del todo de tu dolor —empezó a decir la señora B., no del todo convencida—, espero que tus dudas se hayan aclarado o se aclaren pronto.

—¿Y qué hay de tus dudas y de tu dolor? —le dijo Alma, intentando contener el tono amargo, y sin ser consciente quizás del significado de su pregunta más allá de lo retórico.

Las manos de la señora Barrington, en las que destacaban unas abultadas venas, se aferraron a la colcha, pero no dudó en contestar:

—Tienes derecho a preguntarlo, si es que alguien lo tiene, aunque no había pensado que lo fueras a hacer. Supongo que te refieres a mi matrimonio —dijo ella, y levantó la vista de pronto— y a mi memoria.

—Fuiste feliz, estoy segura —dijo Alma, con voz neutral—. Fuiste amada.

—¿Qué te hace decir eso con ese tono? —dijo la señora Barrington, la voz tranquila y terrible.

—Sólo dije que fuiste amada. Y eso desde luego es cierto —contestó Alma.

La señora Barrington esperó.

—No te he hecho venir aquí en un día festivo para hablar sobre mi matrimonio y mi marido —dijo con una especie de oscura humildad y melancolía.

—Yo nunca he conocido el amor ni el matrimonio —dijo Alma, y su voz estaba más allá de toda amargura.

—No podría estar menos de acuerdo contigo sobre el amor —dijo la señora B. La mirada terrible había vuelto a su rostro, por lo que Alma tuvo que mirar a otro lado—. Yo sé que amabas a

Cliff. Sé que su pérdida lo supuso todo para ti. Pero no es ésa la pena que veo en tu cara, Alma. Yo sé lo que es la duda, cuando me encuentro con ella, y la comprendo. Tú eso no lo sabes de mí, cómo ibas a saberlo, pero yo sé lo que es la duda.

—Quizás sí que lo sepas —le dijo Alma, y se recostó como quien ha tomado un narcótico, sus manos cuidadosamente dispuestas sobre su regazo, como flores cortadas esperando la muerte.

—Mi sobrino nunca me quiso —dijo Alma por fin.

La señora Barrington sacudió la cabeza. La oscuridad invadía la habitación, así que encendió la lámpara de la mesilla.

—Pero tú sí le quisiste, querida mía —replicó la señora B.

Alma asintió.

—Y todavía le quieres —dijo la anciana. Luego, esperó un poco y añadió—: Eso es todo lo que cabe esperar de esta vida.

—En eso estoy de acuerdo —dijo Alma.

—Sin embargo, en tu caso, puedes esperar más —le dijo la señora B. en tono casi acusatorio.

Recostándose sobre las almohadas, la vieja monarca preguntó:

—¿Cómo puedes pensar que no le importabas a tu sobrino?

Alma elevó la vista como quien está a punto de escuchar al juez de una corte superior cambiar una sentencia previa.

—¿Quién te dijo que era así? —la señora B. estudió la cara de Alma.

—Creo que fue Vernon Millar —admitió a regañadientes.

—¿Y cómo iba a saberlo él? —comentó la señora B. con un tono entre el ridículo y la desesperación.

—Había por medio un asunto de dinero —comenzó Alma.

La señora B. asintió, esperando.

—Cuatro mil dólares —le dijo Alma.

Las manos de la señora B. se movían bajo la colcha.

—¿Conocías la historia? —preguntó Alma.

—No entera —dijo la señora B., recuperándose de la sorpresa—. Es decir, no entera hasta este momento. Yo le di los cuatro mil dólares a Vernon, en la esperanza de que... Bueno, de que dejara a Willard Baker.

—Vernon se los dio a Cliff —le explicó Alma.

La señora B. asintió y luego dijo:

—Para que Cliff pudiera liberarse y escapar en su lugar, imagino.

Alma llevó la mano al collar de coral y acarició las cuentas, pensativa; dejó caer de nuevo la mano sobre el regazo.

—No hay duda de que Cliff quería huir, señora B. No era feliz en Rainbow.

—Huir de ti, quieres decir —afirmó la señora B., poniendo a prueba la franqueza de Alma.

Alma asintió, levantó las manos y las dejó caer a los lados.

—Como quiera que fuese, ya ha pasado todo —dijo Alma.

—Excepto que Vernon Miller no sabía la verdad. —La señora B. elevó ligeramente la voz, no queriendo que la sordera de su amiga fuera un obstáculo en este momento.

—Quieres decir que Vernon... —comenzó Alma.

—No, él no mintió —la interrumpió la señora B—. No creo que Vernon sepa mentir. No es muy brillante. Él te contó la verdad como la había oído, pero no era la verdad desde el punto de vista de tu sobrino. Cliff te quería, y quería a Boyd. Entre otros motivos, no tenía a nadie más a quien querer, aunque ésa no era la razón. Y su deseo de huir con el dinero de Vernon y mío, o sin él, su deseo de huir... ¿Quién no quiere huir de aquellos a los que ama, y más a su edad? Si algo sé —la señora B. miró a Alma desde lo profundo de sus ojos envejecidos— es que te quería, Alma.

Como no hubo respuesta, la señora B. añadió:

—No tienes por qué creerme, por supuesto. Pero aunque no lo hagas ahora, me acabarás creyendo.

Tras relajarse en el silencio que siguió, la señora B. se aclaró la garganta y continuó:

—Estoy muy orgullosa de Vernon, sin embargo, por haberle dado el dinero a Cliff. Creo que demuestra que comprendía la razón de mi regalo, aunque él no estuviera a la altura de utilizarlo para sí mismo.

—Cliff nunca utilizó ese dinero —dijo Alma—. Lo tenemos en casa.

La vieja monarca asintió y esperó.

—Has sufrido una pérdida que aún no comprendes —dijo la señora B., sacando de repente un librito grueso encuadernado en tafilete de debajo de la ropa de cama. Abrió a medias la tapa del libro y luego la cerró enseguida—. Yo tuve mi propia pérdida, que llegué a comprender con el tiempo. —Se inclinó para entregar el libro a Alma—. Ya ves, yo tampoco logré escribir mis memorias.

Alma se limitó a escucharla, las manos sobre las cuentas del collar.

—Por favor, tómalo —la señora B. le tendió a Alma el libro con un gesto de impaciencia.

La tía se levantó ceremoniosamente y tomó el libro de manos de la anciana.

—Siempre quise hablar con alguien de mi propia memoria, y nunca se lo he contado a nadie —dijo la señora B—. Ahora es demasiado tarde. Hace tiempo, ya ves, en los días en que todavía pensaba que era escritora, planeé escribir sobre mi matrimonio. El libro que te he entregado es sólo un conjunto de anotaciones de lo que quería escribir. No es una memoria en sí. Al igual que tú, nunca llegué a escribirla.

—Nunca llegaste a escribirla —repitió Alma, balbuceando.

La señora B. sacudió la cabeza.

—Sabes —dijo—, mi marido nunca me quiso.

Alma comenzó a decir algo, pero la vieja monarca, con una mirada que ordenaba silencio, continuó:

—Cuando oí que estabas escribiendo una conmemoración para Cliff, creo que volví a sufrirlo todo otra vez, poniéndome en tu lugar. Por qué intentar explicar lo misterioso de tales cosas o sus causas. Sabía que sufrías, de algún modo confuso, diferente y a la vez similar a lo que me ocurrió a mí. Sabía lo que sufrías, Alma, y lo que habías perdido…

Alma comenzó a llorar en silencio, esta vez no por su sobrino y por ella misma, sino por otra persona. La señora B. se mostraba más segura y descansada tras compartir lo que había dicho.

—Todo el resto de mi vida —continuó la anciana— me he dedicado a mis árboles y a mi jardín, y por supuesto a la gente. He intentado dar amor, trocito a trocito, Alma, caridad, ya sabes, la bendita caridad. Guárdate ese libro. Si alguna vez piensas en mí…

La señora B. esperó hasta que el silencio volvió a reinar en la habitación.

—Vaya. He olvidado ofrecerte un refrigerio —señaló la vieja monarca—. Y debemos de estar las dos muertas de hambre y de sed.

Indicó a Alma que hiciera sonar la campana de la doncella.

Alma negó con la cabeza.

—Tengo que volver con Boyd —dijo a su amiga, e inclinándose le dio un beso.

—Por un momento, casi me había olvidado de Boyd —dijo la señora B—. De repente había pensado que tú y yo, las dos solas, éramos las únicas personas en el mundo. Me alegro de que esté esperándote en casa. —La última frase tal vez no puedo superar la sordera de Alma.

En una habitación de la parte trasera un reloj marcó la hora.

—Antes de que bajes las escaleras —dijo la señora B., mirando a Alma atentamente— quiero que vayas hasta esa ventana de la izquierda y mires hacia tu casa. Venga —le pidió—. Quiero que mires cómo cae tu glicinia sobre este lado de la casa. ¿La ves? No hay una vista más hermosa en todo el país, Alma. ¿Ves lo que puedo ver desde aquí? Me paso mucho tiempo mirándola. Tengo que decir que siempre he sentido debilidad por las glicinias.

Desvió la vista de Alma para esconder la expresión de sus ojos, tomó cajita de rapé e inhaló un poco.

—¿Qué quería la anciana? —Boyd levantó la vista del suplemento festivo del periódico al llegar Alma—. ¡Has estado fuera un buen rato! —miró su reloj de oro.

Alma sujetaba el librito encuadernado ante ella.

—¿Y bien? —dijo Boyd, irritado ante la falta de respuesta.

—Bueno, sólo estaba preocupada por nuestra bandera —replicó Alma.

—De verdad —se rió Boyd—. Esa mujer es un caso.

Alma se sentó a la mesa donde jugaban a las damas, de la que ya había quitado el tablero, y puso sobre ella el libro de la señora B.

—La señora B. me dijo que tiene una docena de banderas en su ático y que podríamos haberle pedido una sin problema.

—Le encanta lucirse —dijo Boyd, en voz baja.

Alma vio que estaba adormilado y que la cabeza le colgaba pesadamente hacia un lado; fuera ya había anochecido. No se había dado cuenta del tiempo que había permanecido en casa de la vieja monarca.

Luego, despertándose de pronto con un sobresalto, Boyd dijo:

—Han venido un par de visitas mientras estabas fuera.

Alma asintió, contenta de que no se hubiera quedado dormido.

—Las dos te trajeron algo —le dijo—. Una de las cosas es un regalo por el día de hoy.

—¿Quién ha venido? —le preguntó Alma.

—Emma Hotchkiss te ha traído su sorbete especial de piña de los días de fiesta —dijo resplandeciente, y Alma se rió—. Y el profesor Mannheim también pasó por aquí. Te trajo unos papeles viejos, he olvidado lo que eran. Me lo dijo, pero no me acuerdo. Se disculpó por haber tardado tanto en traerlos.

Los ojos de Alma localizaron un fajo de hojas de notas, amarillentas y arrugadas sobre la silla que había junto a Boyd. Se alegró de que Boyd no recordara qué eran.

—¿Quieres que te sirva un plato de sorbete? —le preguntó Boyd—. Ya debe de estar derretido.

—Me encantaría probar un poco —exclamó.

—Quédate ahí sentada, jovencita —parecía tan ágil como si acababa de levantarse—. Ahora me toca a mí servirte, ¿me oyes?

Ella sonrió.

Cuando salió de la habitación, Alma se levantó rápidamente, con un suspiro de pesar y de curiosidad contenida. Se acercó a la silla donde descansaban las hojas amarillentas y las recogió como quien levanta una plancha caliente. Sin apenas mirarlas, las puso junto al libro de notas de la señora Barrington.

Luego, dirigiéndose a la biblioteca, abrió el cajón donde conservaba su propio libro de anotaciones, y allí colocó el de cuero de la señora B. y los papeles ajados en que se habían convertido los trabajos universitarios de Cliff Mason, cubriéndolo todo con un papel de seda. No se atrevió a volver a mirarlos. Cerró el cajón, echó la llave y se la guardó en el bolsillo.

—¿Dónde narices estás ahora? —oyó que Boyd preguntaba.

—¡Ah, ya está el sorbete! —exclamó, regresando a la sala y tomando el plato de sus manos.

—Es mejor que te des prisa en comértelo —le advirtió—. Estas delicias caseras se derriten muy rápido, ya lo sabes.

Sentándose en la mecedora de su madre, empezó a tomar cucharadas de helado.

—Está bueno, ¿verdad? —le preguntó Boyd.

—Sencillamente exquisito —admitió ella. Alabaron el sorbete, hablaron de los recién casados en Lisboa, sonrieron al pensar en Clara Himbaugh en Boston, y recordaron a la señora Hawke y a la señora Van Tassel que estaban en Carolina del Sur.

Alma insistió en lavar los platos y las cucharas y en colocarlas en su lugar.

Cuando volvió a su mecedora, el silencio de la noche se había adueñado de la habitación y Boyd dormía ya profundamente.

Cuando se despertó por sus propios ronquidos, ella se oyó decir:

—Me alegro tanto de que estés aquí, Boyd. Si no fuera por ti, me sentiría muy sola.

Había una especie de extraño temor en su voz que hizo que él la mirara antes de decir:

—Lo mismo digo, Alma —la voz débil y aguda en la oscuridad.

—Hoy he estado pensando un poco en Cliff, Boyd —dijo ella al poco, y notó que él asentía—. Hoy era su día.

—Nunca pienses que él no lo sabía —oyó la voz de Boyd como si le llegara desde una especie de oscuridad eterna. Era su antigua voz, confiada y fuerte, la de antes de ponerse enfermo—. Cliff sabía que nos preocupábamos por él —le dijo—. Y por eso él se preocupaba también por nosotros, aunque nunca llegara a decirlo, y ya sabes que escribir no se le daba bien.

Ella no contestó.

—¿Has oído lo que te he dicho? —preguntó Boyd—. A veces pienso que estás casi tan sorda como yo.

Vio que ella asentía pero no llegó a oír su voz.

Acostumbrados a estar sentados en la oscuridad, sólo su pelo blanco, que a veces brillaba como si fuera fosforescente, revelaba la presencia de los hermanos.

A través de las ventanas abiertas llegaba el suave y delicioso perfume de las azaleas. El reloj del juzgado dio las diez.

Nota a la actual edición de *El sobrino*

Última día de enero de 2011. Parafraseando a Gil de Biedma, podríamos decir que resulta que el año va en serio. *El mismo río*, de Jaan Kaplinski, ve al fin la luz, tenemos listos para imprenta *Él* y *Ella*, dos novelas de Mercedes Pinto, una autora canaria que fue mucho más que autora y mucho más que canaria. Y, al fin, este trozo de Purdy, el primero con el que Ediciones Escalera contará en su catálogo. Este libro que hay que escuchar para captar las corrientes subterráneas. Ya hace tiempo nos dimos cuenta de que nuestras criaturas son para la gente que le gusta leer, en el metro, en el sofá, en el baño, bajo la manta. En *El sobrino* parece que siempre es otoño, que no son necesarios estridentes fuegos de artificio para contar esas pequeñas miserias cotidianas que no son otra cosa que las grandes miserias de la humanidad. Esto dijo de él Gore Vidal:

> A algunos autores no se los deja pasar porque, a algún nivel, inquietan genuinamente, causando que la conjura de los necios cargue sus más vívidos trabajos como otros tantos pilares de sal para ser ubicados en ese desierto fatal que separa nuestro Oz del mundo real.

Gore Vidal y Dorothy Parker y Edward Albee y Susan Sontag consideraron a James Purdy el genio secreto de la literatura norteamericana. Para Edith Sitwell, su primera editora, estaba a la altura de Dylan Thomas, y sus narraciones eran «obras maestras». Es probable que usted ya haya leído este libro. Puede compartir, o no, estas opiniones. Nosotros, los primeros peldaños de Ediciones Escalera, créanos que miramos nuestro catálogo y nos henchimos de gozo. Alguien tenía que publicarlo, y hemos sido nosotros: luchadores, trabajadores, imperfectos, soñadores, gritones, honestos y justo ahora, cuando hemos parido este libro, inmensamente afortunados.